Malte Roeper - *Der Himmel für drei Franken*

Panico

Malte Roeper

Der Himmel für drei Franken

ISBN 3-926807-93-8

1. Auflage 2002

ISBN 3-926807-93-8

© by Alpinverlag
Golterstrasse 12
D-73257 Köngen
Tel. (0 70 24) 8 27 80
Fax. (0 70 24) 8 43 77
e-mail: alpinverlag@panico.de

Für Jürgen Herweg,
Teutoburger Str. 30,
50678 Köln,
der an dem Tag starb, als dieses Buch fertig wurde.

Wir denken an dich.
Farewell, Freund -

Inhalt

Vorwort 8

Grußwort zum Int. Frauenklettertreffen in Schottland 12
Sex und Sportklettern 14
Vor den Pforten des Heils 17
Agonie in der Witzfabrik.. 21
Im Päcklewahn 35
Unvergessene Heimat 36
Sweet Home Chamonix 43
Picknick vorm Löwenkäfig.. 51
Das Café „Bei der Freiheit" 55
Danke, Eiger 61
Der große Hobbit 65
Dünne Luft, keine Beweise.. 69
Alpinismus seit dem zweiten Weltkrieg 71
Die Nächte der Einsamen 94
Biwak im Stehen 104
Mickymaus mit Mundgeruch.. 113
Delphine nach Bosnien 117
Captain Igloo! 118
In lustige Höhen 123
Die neue Dimension 131
Vertrauen und Bewährung... 144
Unter Geiern 154
Der Himmel für drei Franken 164

Vorwort

„Erste Gedichte", schrieb Heine im Vorwort zum „Buch der Lieder", „müssen auf nachlässigen, verblichenen Blättern geschrieben sein, dazwischen hie und da müssen welke Blumen liegen, oder eine Locke... Und an mancher Stelle muss noch die Spur einer Träne sichtbar sein... Erste Gedichte aber, die gedruckt sind, grell schwarz gedruckt... erregen bei dem Verfasser einen schauerlichen Mißmut."

Meine „Ersten Gedichte" war der Roman „Strategie & Müßiggang". Und wenn ich heute in meinem ersten Buch blättere, überkommt auch mich ein schauerlicher Missmut: alles so unvollkommen. Diese Schachtelsätze! Diese unnötigen Einzelheiten! Die Unzufriedenheit mit dem Gedruckten ist dann aber auch schon der einzige Aspekt, unter dem ich mich mit Heine zu vergleichen wage, den ich so gern meinen großen Bruder im Geiste nennen würde. Aber nur um es klarzustellen: das wage ich nicht.
Man fürchtet sich oft nachgerade vor seinen alten Texten. In Zeitschriften lese ich meine Artikel nicht mehr: Einmal gedruckt, ist's nicht mehr zu ändern. Wenn ich ein Buch zum ersten Mal fertig sehe: schrecklich. Als ich den Erzählband „Auf Abwegen" zum ersten Mal in Händen hielt und unerwünschte Änderungen bemerkte, habe ich eine Kiste kaputtgetreten. Dagegen spiegeln die korrigierten Ausdrucke der letzten Fassung eines Textes die schönste und sinnlichste Phase der Arbeit: mit heller Empörung ist da durchgestrichen, Pfeile tauschen Worte, Sätze, Absätze in der Reihenfolge, Einfügungen sind

mehr oder weniger leserlich an den Rand gekritzelt. Den allerletzten Ausdruck erspart einem heute die Technik, denn nach der letzten Korrektur klickt man es einfach in die e-Mail. Diese korrigierten Seiten bewahre ich gerne auf, weil sie an das prozesshafte Entstehen eines Textes erinnern. Und: zu diesem Zeitpunkt gehörten die Zeilen noch mir. Einzelnes machte lange schon Freude und stand nun kurz davor, auch als Ganzes erträglich zu erscheinen.
Es hängt natürlich auch damit zusammen, dass mein Großvater Maler war und Korrekturseiten durchaus eine gewisse, leicht fahrige graphische Ästhetik haben. Mein Großvater Richard Walter Rehn ist mein Vorbild, nicht nur wegen seiner wunderbaren Bilder. Sondern weil er als Künstler eine Familie mit drei Kindern durchbrachte. Und weil die Inspirationen, die meine Mutter mir gab, die Art und Weise, das Schöne zu sehen und genau zu sehen, in gerader Linie von ihm abstammen.
Ursprünglich war dieses Buch unter dem Titel „Breast of Malte Roeper" angekündigt, als Kombination von „Best of" und „Rest of". Der Titel ist nun anders, der Inhalt geblieben. „Best" bezog sich auf eine Auswahl von Texten, die in den vergangenen zehn Jahren veröffentlicht wurden. „Rest" dagegen meint die alpinen Extrakte aus „Strategie & Müßiggang". Dort ging es in erster Linie um einen gebrauchten Mercedes 300 D Automatik, den ich mit zwei Freunden nach Spanien exportierte. Wir verloren mindestens viel Geld, doch den Mut und die Freundschaft verloren wir damals nicht. Zu lachen hatten wir auch, und zwischendrin gingen wir ziemlich viel Klettern. Die Nachfrage nach meinem Erstling hielt sich ein wenig in Grenzen, so dass eine zweite Auflage nicht mehr erschien, nachdem die erste vergriffen war. Andererseits sind über all die Jahre, in denen der Titel nicht erhältlich war, beim Verlag und bei mir immer wie-

der Anfragen eingegangen. Daher haben wir die senkrechten Episoden hier noch einmal versammelt.

Fast dreißig Jahre sind vergangen, seitdem ich zum ersten Mal einen Klettergurt trug. Klettern und Bergsteigen haben mein Leben geprägt. Ich darf sagen: ich habe viel erlebt. Heute bin ich verheiratet, Vater zweier Töchter und habe den christlichen Glauben angenommen. Ich sage „angenommen" und nicht „zum Glauben bekehrt", weil eine Umkehr nicht nötig war, um Gott zu gefallen. Von den wilden Zeiten bereue ich die eine und auch die andere zwischenmenschliche Verfehlung, aber dieses Leben selbst, in dem ich stets versuchte, meinen Alltag genauso frei und idealistisch zu leben, wie ich es aus den Bergen gewohnt war? Um Himmels willen - nein! Gott liebt uns Kletterer ganz besonders, wie sonst hätten wir all das überleben können?

Jedenfalls: „Der Himmel für drei Franken", die Geschichte meiner Alleinbegehung der Cassin-Route am Schweizer Piz Badile, zählt zu den schönsten und intensivsten Erlebnissen meiner nie langweilig gewesenen neununddreißig Jahre.

Achim Pasold, der dieses Buch herausbringt, erzählt immer wieder gern die Geschichte, wie er mein Roman-Manuskript in seinem Briefkasten fand: mit großen Zeilenabständen auf Schreibmaschine getippt, im Copy-Shop einseitig kopiert und gebunden, hatte es den Umfang des zweibändigen Telefonbuchs einer Millionenstadt angenommen. Alle großen Verlage hatten abgesagt. „Panico", der Tipp meines Seilpartners Jörg, gegeben bei einem Bier im „Café Atlantik", war meine letzte Hoffnung.

Lieber Achim,
hättest du die „Strategie" nicht herausgegeben, ich hätte wohl nicht weitergeschrieben. Die anderen Texte, die wir in diesem Band versammelt haben, wären wohl nicht entstanden. Ich hätte mich nicht an der Drehbuchwerkstatt München beworben. Und ich würde im bevorstehenden Frühjahr 2002 auch keinen Film über den Kletterer Wolfgang Güllich machen. Und du kannst dir vorstellen, was das für ein Geschenk ist: so ein schönes Projekt.
Ich hätte einen anderen Beruf finden müssen, wahrscheinlich. Meine Frau könnte mit einem regelmäßigen Einkommen wirtschaften, unsere Kinder würden ohne finanzielle Sorgen aufwachsen. Eigentlich sollte ich meiner tapferen und sparsamen Aila sagen: Achim ist schuld! Was soll anderes aus einem jungen Schöngeist werden, dessen erstes Manuskript du ohne zu zögern veröffentlichst?
Isse gewese Witz. Ich bin dir sehr dankbar

Damit übereigne ich dir, geneigter Leser, die folgenden Seiten. Den schauerlichen Missmut, der mich überkommen wird, wenn ich das Buch in Händen halte, will ich gerne über mich ergehen lassen.

> *„Der Autor gewöhnt sich am Ende an sein Publikum,*
> *als wäre es ein vernünftiges Wesen."*
>   Heinrich Heine, Nachwort zum Romanzero

Benediktbeuern, im März 2002

Grußwort zum Int. Frauenklettertreffen in Schottland
von unserem Korrespondenten Ch. Auvinist

Das diesjährige Frauenklettertreffen steht ganz im Zeichen der weiblichen Wahrnehmung von Berg und Umwelt, getreu dem traditionellInnen Motto: Alle Stiefel stehen still, wenn es die Periode will. Auf der Tagesordnung finden sich daher nicht nur aktuelle Themen („Frühjahrsmode: welche Gamasche passt zu meinen Überhosen?"), sondern vor allem lang unterdrückte kulturelle Aspekte des weiblichen Alpinismus, z.B. „Mein Helm macht die Frisur kaputt" oder „Eispickel - Phallussymbol oder Hautproblem"?

Trotz der progressiv-feministischen Ausrichtung scheut das Treffen die Auseinandersetzung mit klassischen Feldern nicht: die Einführung in die Verwendung von EisschraubInnen als Lockenwickler wird ebenso angeboten wie ein Seminar über Outdoor-Tischdecken zum Selberhäkeln. Ein neuer Schwerpunkt wird das Thema „Männer im Gebirge" sein - welches sind die schlimmsten und welche sind noch zu haben?

Im Gegensatz zum männlichen Rauf-runter-Alpinismus werden auch die Berge selbst nach ihren Gefühlen und Erlebnissen befragt. Berühmte Gipfel erzählen, wie sie einen Höhepunkt vortäuschen. Ferner wird endlich ein weiteres Tabu behandelt: „Ich habe Krähenfüße - welcher Kletterschuh paßt zu mir?" Auch der Sport kommt nicht zu kurz: „Abnehmen im Urlaub - 10 Tips zum Höhenbergsteigen" ist ebenso ein Thema wie „Eisklettern: so komme ich auf die Kühltruhe" und „Körperrisse - Geheimtip bei Orangenhaut!"

Allein der Name der Veranstaltung wird von vielInnen nicht verstanden, darum sei er hier noch einmal erklärt. Frauenklettertreffen heißt natürlich: Frauen treffen Kletterer.

Wie üblich verlosen wir unter den richtigInnen EinsenderInnen unseres Preisrätsels zwei Freiflüge zu der genanntInnen Veranstaltung. Die diesjährige Frage lautet:
Welches der folgendInnen drei Wörter gehört nicht Innen diese Reihe
- Rebitschrisse
- Buhlriß
- Kreuzbandriß

(Antwort: Rebitschrisse, denn dieses Wort steht im Plural. Außerdem beginnt es im Gegensatz zu den anderen BegriffInnen weder mit B noch mit K. Sondern mit R.)

Klettern, 1998

Sex und Sportklettern
Gemeinsamkeiten! Und Unterschiede.

„*Sexuelle Belästigung am Arbeitsplatz - 90% aller Frauen
leider darunter, weil sie nicht davon betroffen sind.*"
Harald Schmidt

Mal ehrlich: was fällt uns ein, wenn wir am Fels Pärchen beobachten, die sich immer wieder „Nimm mich!" und „Ich komme!" zurufen und immer in derselben Stellung zu sehen sind - er oben, sie unten? Richtig, es ist die Missionarsstellung mit Klettergurt.
Bei dem typischen Paar am Fels, nennen wir es Heinz und Lydia, steigt er immer vor. Und sie sichert. Immer dasselbe Bild. Er rackert sich da oben ab, und sie feuert ihn an: „Ja! Ja!! Weiter so! So ist es gut!" Nicht nur die Stellung ist ähnlich. Lydias Aufgabe als „Tuzusi" (Tussi zum Sichern) entspricht der Verhütung, die bei der klassischen Rollenverteilung beim Sex ja auch immer bei den Frauen hängenbleibt: Er rackert sich ab, und Lydia passt auf, dass nichts passiert. Und wenn Heinz da oben mal wieder einen vorzeitigen Abgang hat, leidet – vorausgesetzt, sie liebt ihn wirklich - auch Lydia. Ist sie nicht aufmerksam und konzentriert bei all seinen Bewegungen mitgegangen? Hat sie ihn nicht genügend unterstützt? („Ja! Ja!! So ist es gut!"). Immer hat sie ihm zugerufen, wohin er greifen soll. Sie hat, und das hat sie beim Sex noch nie getan, ihm sogar zugerufen, wohin er treten soll. Heinz kann dann in eine tiefe Krise schlittern. „Ich weiß nicht, woran das liegt! Neulich ging es noch."
„Du musst einfach entspannter sein, Liebling", rät Lydia.

Im Unterschied zum Sex führt ein vorzeitiger Abgang im hohen Bogen beim Klettern allerdings nur dann zu Flecken, wenn Lydia überhaupt nicht aufpasst, und dann sind die Flecken rot und deutlich größer (rotpunkt). Unterschiedlich ist auch die Bedeutung nasser Zweifingerlöcher. Während sie beim Sex auf einen im Gelingen begriffenen Abend schließen lassen, gelten sie am Fels ganz generell als äußerst hinderlich. Die französische Methode erfüllt sich in beiden Fällen großer Beliebtheit und gilt als äußerst genussvoll. Beim Sex dient sie meist nur dem Aufwärmen („Vorspiel"), während französisch kurze Hakenabstände ausschließlich beim zentralen Akt der Besteigung eine Rolle spielen. Allgemein als lustvoll gilt auch in beiden Fällen ein lange hinausgezögerter Höhepunkt, wie er beim Ausbouldern und Probieren schwierigster Routen erst nach Wochen und Monaten erreicht wird. Und zwar von Heinz allein („Lonely at the top"). Lydia hat wieder einmal brav mitgemacht, aber für sie selbst bleibt der Höhepunkt irgendwie unerreichbar. Es gilt aber als sportwissenschaftlich nachgewiesen, dass Frauen, die sich nicht bewegen („Frauenbewegung"), auch nur selten einen Höhepunkt erreichen.

Manche Paare benehmen sich am Fels allerdings genau umgekehrt: Lydia ist immer oben und die Stärkere, Heinz feuert an und verhütet. Sie trainiert, er kocht. Dann dominiert Lydia das Geschehen so eindeutig und lässt ihre wachsenden Muskeln spielen, wie es sonst andersrum meist der Fall ist. In diesem Fall freilich wird sie irgendwann mit Heinz jenes Problem bekommen, das einst Playboy-Kolumnist Tony Parsons so schön auf den Punkt brachte: „Ein Mann schenkt keiner Frau Blumen, vor der er Angst hat, dass sie ihn verprügelt."

Für eine dauerhaft harmonische Beziehung empfehlen wir von der Bergsport-Beziehungsberatung, öfter mal die Positionen

und Seilenden zu wechseln. Und wer die weniger dauerhaften Beziehungen bevorzugt: ein gelungener one-night-stand entspricht einer schönen on-sight-Begehung.
Sex hat gegenüber Klettern ganz allgemein deutliche Vorteile. Das Risiko von Fingerverletzungen ist deutlich geringer. Man braucht keine so engen Schuhe. Man braucht nicht mal einen Fels. Aber aufgepaßt: sollten Naturschützer wegen seltener Pflanzen und Tiere versuchen, deine Matratze für den Geschlechtsverkehr sperren, solltest Du vielleicht mal das Laken wechseln.

Klettern, 1999

Vor den Pforten des Heils
Eine Bewerbung

Jede Prüfung beginnt mit der Frage: was ziehe ich an? Zumindest dann, wenn man mit Prüfungen oder Bewerbungen keinerlei Erfahrung hat. Die grünen Jeans werden es sein, jawohl, die sitzen perfekt, in denen fühle ich mich gut. Körpersprache! Ist entscheidend. Weiß man doch.
Bei der Aufnahmeprüfung für die Drehbuchwerkstatt München werde ich also genau diese Hose anziehen. Keine andere. Nebenbei: es ist die einzig brauchbare, die ich besitze. Ein paar Tage vorher reißt sie ein, quer über den Hintern. Ich habe kein Geld für eine neue Hose. Grübelgrübel. Da wollen wir mal nicht so zimperlich sein. Die Prüfer sitzen mir wahrscheinlich gegenüber. Das Loch jedoch ist hinten. Das sehen die erst, wenn ich wieder rausgehe. Und bis dahin haben sie sich längst entschieden.
Ehrfürchtig finde ich den Weg in die HFF. Normalerweise müsste die heißen „Hochschule für Film und Fernsehen", nicht „Fernsehen und Film". Wegen dem Rhythmus. Bzw. wegen des Rhythmus. Heißt aber nicht so. Ob es da einen geheimen Grund gibt, den nur Insider kennen? Meine Mutter war früher Rezitatorin. Während ich mit Bauklötzen spielte, liefen bei uns zuhause Tonbänder mit Lyrik. Sätze, die nicht im Rhythmus laufen, liegen mir quer im Ohr.
Da warten schon ein paar andere. Die letzte vor mir kommt raus. „Der genau gegenüber ist hart. Nimm dich in acht!"
Also: Pass auf die linke Gerade auf, Johnny! Und rein. Als ich rausgehe, warne ich die Frau nach mir: Pass auf die linke Gera-

de auf! Es ist Maria, die später ebenfalls zu unserem Häuflein der zehn Auserwählten dazugehören wird. Als der Brief mit der guten Nachricht aus München kommt, lege ich „Heaven stood still" von Willy de Ville auf und mich flach auf den Boden. Christ on a bike! Done it.

Als Betreuer bekomme ich Hartmut Grund, den Schimanski-Erfinder. Ich bin gerührt. So jemand ist er. Und ich bin nur ich. Von Film keine Ahnung. Er hilft mir sehr und wird ein Freund. Bis heute. Das Jahr mit den anderen neun und Martin und Sigrid von der Drehbuchwerkstatt wird ein ganz wunderbares. Zehn Erwachsene, die eine Art Schulklasse bilden. Schöne Freundschaften entstehen. Und schöne Drehbücher vor allem. Wenn man abends fernsieht, bleibt rätselhaft, warum so wenige unserer Stoffe realisiert werden.

Auf jeden Fall - und das ist keine Nebensache - sind wir ganz einfach dankbar für dies GROSSARTIGE Jahr.

Und dann?

Ein halbes Jahr nach Ende der Drehbuchwerkstatt habe ich den Termin zur Vertragsunterzeichnung bei der Bavaria. Langsam wird es kitschig. Ich weiß nicht, dass eine Straßenbahn genau vor der Tür hält und fahre mit der S-Bahn so nah wie möglich zum Bavariagelände: Station Großhesseloe. Was für ein banaler Name an so einem Tag. Zwanzig Minuten noch. Dezember. Kühler Nebel. Da vorn, im Nebel, taucht eine Brücke auf. Eine Eisen- bzw. S-Bahn-Brücke. Sieht aus wie in einem Agentenfilm. Und es sieht nicht so aus, als ob man anders als über die Schienen - also verboten - rüberkommt. Nächste Haltestelle ist Pullach. Da sitzt der BND.

Ich male mir aus, wie Männer mit Trenchcoat und Hut auftauchen, die trotz des Nebels Sonnenbrillen tragen und mich festnehmen.

„Halt! Stehenbleiben! Machen Sie keine Schwierigkeiten!"
„Laßt mich los! Ich muß meinen Filmvertrag unterschreiben! Ich will nicht nach Pullach!" (Das Volk weiß nichts von Drehbuchverträgen, also werde ich 'Filmvertrag' sagen.)
Die Brücke hat dann doch einen Fußgängerübergang, und wir unterschreiben den Vertrag. Was für ein unglaublicher Vorschuss. Davon kann ich einen Haufen Hosen kaufen, aber mittlerweile habe ich sowieso ein paar (kleines p) neue. Franka Potente hat Interesse an der Hauptrolle. Ein richtig großer Star wird sie erst später, aber in „Nach fünf im Urwald" letzten Sommer war sie auch schon phantastisch. Das ist doch alles Folklore hier. Allein schon die Faxe mit dieser Absenderkennung: BAVARIA FILM SPIELFILM ABT. Der Spielfilm-Abt, wer mag das sein? Günther Rohrbach? Jedenfalls: Daran, dass das Lebensgefühl auf diesem halbillegalen Bergsteigerzeltplatz im Montblancgebiet ein großartiger Filmstoff ist, habe ich einfach geglaubt, und zwar mit der Hartnäckigkeit eines Geisteskranken. Und jetzt soll das ins... Kino?!
Heute, knapp drei Jahre später ist „Westwand" immer noch nicht verfilmt. Meine Produzentin hat einen wunderschönen Film gemacht und ich bin sicher, dass meine Geschichte bei ihr in wirklich guten Händen ist. Diesen Sommer sollte gedreht werden. Ganz bestimmt sollte gedreht werden. Ich glaube, es klemmt mit einem Co-Produzenten, aber so genau weiß ich es auch nicht. Was daraus wird? Nächstes Jahr? Ob Franka Potente die aktuelle Fassung überhaupt noch erhalten hat?
Ich wohne jetzt in München. Ich habe fünf Hosen.
Die Prüfung als solche hat übrigens noch andere Früchte getragen. Sylvia Leuker aus unserem Jahrgang hat ein Kurzfilmprojekt angeleiert, mit der Aufnahmeprüfung zur Drehbuchwerkstatt als Rahmenhandlung. Es ist, müssen Sie wissen, ein

wunderbares Projekt, das dann insgesamt einen Neunziger gibt (Kennen Sie bestimmt. Wir Insider sagen das für „neunzigminütigen Spielfilm". Wenn einer zum anderen sagt „Neunziger!" und der fragt nicht nach, dann weiß man: man versteht sich. Man könnte das ja auch für einen sehr starken Schnaps halten). Also: es menschelt kräftig zwischen Autorinnen und Autoren, die auf ihre Prüfung warten. Vor allem erzählen sie in der Prüfung je einen Kurzfilm, der von Leuten aus unserem Jahrgang geschrieben wurde. Unter anderem geht es um den letzten Wunsch eines Fußballfans, Exhibitionisten im Opernball und ein Brathähnchen, das keine Ruhe findet. Und dann - ziehen Sie den Hut! - Heikes Geschichte über Schwimmunterricht in der DDR.
Ein richtiger Autorenfilm also. Und zwar: „Der erste Autorenfilm, der wo nicht so intellektuell ist."
Und jetzt weiß ich keinen Schluß. Draußen leeren sie gerade die Mülltonnen.

Festschrift zum zehnjährigen Bestehen der
Drehbuchwerkstatt München, 1999

Agonie in der Witzfabrik
Gagschreiber bei RTL-Samstag-Nacht

Irgendwann ging ich samstagabend nicht mehr aus: Ich wollte fernsehen. Ich war in ein Apartment über meiner Freiburger Stammkneipe gezogen und wohnte keine hundert Meter entfernt von der Fußgängerzone: am Ziel meiner Wünsche. Aber der Samstagabend ab elf gehörte dem Fernsehen. Dabei hatte ich die Kiste aus rein finanziellen Erwägungen angeschafft: allabendlich vertrunkenen DM zwanzig im Café Atlantik standen nur fünfzig für einen gebrauchten Fernseher gegenüber. Innerhalb von drei Tagen hatte man das Geld also raus. Und Fernsehen war so faszinierend normal. Millionen anderer taten genau dasselbe wie ich. Es erschien mir eine ungeheuer verlockende Verkleidung. Glücklich vermerkte ich die erste gekaufte Programmzeitschrift in meinem Terminkalender.
Dann entdeckte ich die RTL-Samstag-Nacht-Show. Noch nie hatte jemand das Fernsehen so frontal aufgegabelt wie diese Typen. Sie zeigten die Vorteile des Blödsinns, der im Fernsehen läuft: man konnte drüber lachen und mit dem Lachen die Wunden heilen, die diese permanenten Attacken des schlechten Geschmacks in unserem Sinn für Vernunft und Ästhetik geschlagen hatten. Aber diese Sechs nervten einen nicht mit Belehrungen. Sie moralisierten nicht. Sie waren so unpolitisch wie ein CDU-Frauenverband in der Lüneburger Heide. Sie waren Fernsehen: ein grelles Jingle, animiertes Studiopublikum und ein Sendeplatz in einem Kanal, der sein Geld mit genau jener Werbung verdiente, der sie ihre Breitseiten gaben. Das Größte der Sendung aber, das Virtuoseste waren Olli Dittrichs

Meldungen „Neues vom Spocht". Die Rechtschreibung hatte er an die Sprechweise des alten ARD-Fußballkommentators Heribert Faßbender angelehnt, der die Zuschauer bis heute mit seinem rheinländischen „r" in der „Spochtschau" willkommen heißt. Dittrich verlas Nachrichten über wundersame Disziplinen wie TürRingen, KunstRasen oder SpitzBergen („Im Bodensee fand ein Taucher einen Hund"'). Auch andere Rubriken fand ich geradezu überwältigend, etwa den Märchen-Man mit dem sprechenden Haken auf der Schulter und die in einer Imbissbude spielenden Episoden von „Kentucky schreit Ficken" mit den unzweideutig vertauschten Buchstaben („Darf ich Sie an die Bheke titten?"). Oder die Talkshow-Parodie „Zwei Stühle, eine Meinung", die stets mit den gloriosen Worten endete: „Bleiben Sie dran, ich pfeif auf Sie!" Doch der Höhepunkt meiner Woche blieb der „Spocht", eingeleitet durch jenes minimalistische Jingle, in dem ein Tipp-Kick-Männchen in Zeitlupe ein Tor erzielt. Und dann wieder sowas wie: „Wolleball - Ribbelkönig Pulli Borowka wechselt für jede Menge Masche von 1860 Bündchen zu den Stuttgarter Strickers." Diese Wortakrobatik erfüllte mich mit hymnischer Bewunderung. Ich war weit mehr als ein Fan: ich war ein Verehrer.

Es begann eine aufregende Zeit. Mit den Erlebnisberichten „Auf Abwegen", dem Text zu dem Bildband „Sportklettern in den Alpen" und einem Drehbuch schrieb ich innerhalb von vierzehn Monaten drei Bücher und war völlig ausgelaugt. Und dann bot mir die Bavaria Film einen Vertrag für das Drehbuch. Die zweitgrößte deutsche Filmproduktion wollte mit meinem ersten Drehbuch ins Kino: Es gibt Momente, da glaubst du, irgendwann wird einer dein Leben verfilmen. Das Stipendium, mit dem ich das Drehbuch geschrieben hatte, war zu dem Zeitpunkt abgelaufen, und ich war wieder pleite, aber ich konnte nicht jobben, weil die Bavaria eine neue Fassung verlangte. Konto und Kreditkarte waren gesperrt und ich schrieb und schrieb und schrieb: Ich schrieb an meinem Film! Was durfte ich mich da um Niedrigkeiten wie meinen Kontostand kümmern, zumal bald die erste Rate des Drehbuchvertrags ins Haus stand. Ich erinnere mich an den Tag, als ich mit zwölf Mark Pfandgeld nach Hause kam, jubelnd, weil das wieder einige Tage reichen würde und weil ich merkte, dass mich das gesperrte Konto auch diesmal nicht einschüchtern würde. Und aus dem Faxgerät hing ein frisches Fax mit dieser grandiosen Absenderkennung „BAVARIA FILM SPIELFILMABT.", die ein weiteres Mal bewies, dass mein erstes Drehbuch wirklich ins Kino kommen sollte. Und ich lebte vom Pfandgeld, und beides war wahr, beides zugleich. Ich ging auf die Knie, faltete die Hände und dankte Gott, dem Schöpfers des Himmels und der Erde, diesen verrückten Moment erleben zu dürfen. Und seither bewahre ich immer mindestens einen Kasten Leergut im Haushalt: das beruhigt und das bringt Glück.

Und irgendwann, ich saß mit Nudeln vorm Fernseher, es war gegen sieben, klingelte das Telefon. Olli Dittrich wollte mich als Autor. Ich hatte ein paar Gags für den Spocht an Hugo-Egon Balder geschickt, den Producer, vielen noch ein Begriff als „Titten-Hugo" aus „Tutti-Frutti", der Sendung mit den Busen und den Länderpunkten. Ich hatte keinerlei Chancen gesehen, mit den paar Zeilen durchzukommen. Aber da waren Ideen in meinem Kopf, und den Ideen fühlte ich mich verpflichtet. Bett-Decken hatte ich erfunden: „Beim diesjährigen Wettkampf in Dinslaken wurde Vorjahressiegerin O.Pair wegen wiederholten Kopfküssens disqualifiziert. Anschließend musste sie ausscheiden." Oder: „Neues vom Transfermarkt: Naomi, Bergomi, meine Omi, Oben-Oni und Canneloni wechseln nach Italien,

und zwar bis Hinter Mailand." Olli Dittrich machte daraus - allein dafür verehre ich ihn bis heute - in fünf Sekunden irgendwas mit: Canneloni, Kanne Kaffee und Kanne Rummenigge (!!!) (!!!) (!!!)
Wenn Sie darüber nicht gelacht haben, lesen Sie das bitte nochmal laut.
In der Probezeit bekam ich einen freien Tisch im Zimmer der Stammautoren. Paulus Vennebusch war der Chefautor, was man auch gleich an der Position seines Schreibtischs erkannte, Matthias Taddigs und Attik Kargar als seine wichtigsten Leute saßen neben ihm. So wie sein Tisch den Raum beherrschte, dachte ich immer an General Paulus, einen Kommandeur aus dem zweiten Weltkrieg. Attik, als Sohn kurdischer Eltern in Braunschweig aufgewachsen, war das größte und sympathischste Genie, das ich je kennengelernt habe. Ich tippe, er hat seine ganze Kindheit vorm Fernseher verbracht und war mental stark genug, nicht zu verblöden, sondern im Gegenteil. Sie wissen schon.
Am Ziel meiner Träume angelangt, war ich mit der Situation überfordert: ich sah mich als Verehrer, nicht aber als Gleichrangigen. Außerdem bestand die Arbeit nicht im Ersinnen von Spocht-Meldungen - die erstellte man gemeinsam am Mittwochabend - sondern im Sketche schreiben. Und ich hatte im ganzen Leben noch nie einen Sketch geschrieben. Doch gleich am ersten Tag halfen mir Attik und weiterer Kollege, aus meinen Wortspielen über die Werbeslogans zu „Jurassic Park" („Juristenpark - ein Abenteuer, das vor 65 Millionen Semestern begann" usf.) einen Sketch zu machen, der auch sofort angenommen wurde. Was für ein perfekter Start. Auf dem Fernseher im Arbeitsraum gab es den Studiokanal, in dem man sehen konnte, wie sich die Leute bei der Aufzeichnung unserer Nummer mit einer Waage herumplagten, die darin vorkam. Immer

wieder neigte sich die Schale im falschen Augenblick, aber das mussten sie halt in den Griff kriegen: weil wir das so geschrieben hatten. So hatte ich mir das als Fernsehautor vorgestellt: ich denk mir was aus (selbstverständlich gern im Team), und die anderen müssen das finanzieren, aufbauen, beleuchten, spielen, inszenieren, schneiden und senden. Der wahre Herr, und das muss hier mal gesagt werden, des kreativen Universums von Film und Fernsehen ist der Autor, weil nur er ein originärer und schaffender Künstler ist. Alle anderen interpretieren seine Arbeit. Die Leistungen guter Bühnen- und Maskenbildner, Produzenten, Schauspieler und guter Regisseure sind bekannt. Die Wunder, die ein guter Cutter zu vollbringen imstande ist, darf ich seit ein paar Jahren beim Bayerischen Rundfunk miterleben. Auch ein guter Requisiteur ist ein Künstler, man achte in einem großen Film einmal auf die kleinen Gegenstände im Hintergrund. Doch die Grundlage von allem ist DIE IDEE, und die Idee kommt vom Autor und von niemand anderem. Natürlich ist es auch oft so, dass gute Regisseure und Schauspieler sich mit schlechten Büchern herumquälen müssen. Aber dennoch: die Grundlage ist immer die Idee.

Das Großartige an dem Job war diese Aufgabenstellung: schreib Unsinn. Irgendwas, egal was - Hauptsache, die Leute lachen. Man musste - man durfte! - das tun, was in allen anderen Jobs vom Chef nicht so gerne gesehen wird: sich Unsinn ausdenken. Dazu links und rechts von einem andere Wirrköpfe mit richtig schön wirren Ideen. Attik war mit Abstand der beste. Er hatte Einfälle wie „Kaktus-Woman": eine Frau in einem Super-Woman-Kostüm, die am ganzen Körper mit Stacheln besetzt ist und anderen Menschen helfen will. Aber alle sagen: Geh` weg, du piekst! Kaktus-Woman wurde nie produziert. Matthias erfand ein Quiz, in dem man die Kotzgeräusche von Top-

Models erraten musste, und das Quiz hieß: Erkennen Sie die Bulimie? Ich fand das so gut, daß es mich einschüchterte. Auch in den Spocht-Sitzungen hemmte mich meine Ehrfurcht. Ich brachte auch insgesamt nicht sehr viel Material unter. Ich hatte ein fatales Talent, Nummern zu schreiben, die bis Donnerstag in der Disposition lagen und freitags, am Tag der Aufzeichnung, wieder gekippt wurden.

Meine Beziehung zum Witze Erfinden war vorbelastet. Ich hatte als Verkäufer in einem Outdoor-Laden gearbeitet. Ich hasste die Arbeit, ich hasste die Kunden und ich hasste mich selbst dafür, in einer Lage zu sein, in der ich meine Stunden verkaufen musste, weil ich zu behämmert war, anders als so das unumgängliche Minimum an Geld zu verdienen. Wenn nichts los war, konnte man während der Arbeit sinnvolle Dinge tun: lesen, essen oder Gedichte schreiben. Aber das wurde jedes Mal unterbrochen, wenn ein Kunde in meine Abteilung (Rucksäcke, Schlafsäcke und Kletterausrüstung) kam und wagte, mich zu stören. Aber man muss ja gerecht sein. Der Kunde hatte nicht Schuld. Ich hatte kein Recht, ihn wirklich schlecht zu behandeln. Es wäre auch meinem Chef gegenüber nicht gerecht gewesen. Was konnte denn er dafür, dass ich keinen besseren Job fand?

Ich konnte sie nicht auf faire Art und Weise zwingen, mich in Ruhe zu lassen. Dennoch konnte ich sie zwingen, etwas zu tun, was ich wollte: ich konnte sie zwingen zu lachen. Ich erfand Geschichten um die Produkte, mit denen ich meine verkauften Tage verbrachte, und es war ein gutes Gefühl, wenn die Leute lachten. Wenn die Leute etwas kauften, war es auch OK. Besser war es, wenn sie schnell wieder gingen. Aber am besten war dieses subtile Gefühl von Macht, wenn ich Menschen, die ich nicht loszuwerden imstande war, wenigstens dazu zwingen

konnte, zu lachen - wenn ich denn schon ihre Anwesenheit ertragen musste. Ja, ich bin ehrlich: ich liebte dieses Gefühl von Macht. Und das schöne war: sie mussten gehorchen, und merkten nicht, dass ich Macht über sie hatte.
(Das ist der Vorteil, wenn man ein Neurotiker ist: man macht sich zwar seine Probleme selbst, aber man schafft sich auch Glücksmomente, die sind einem normalen Menschen, glaub ich mal, unerreichbar. In dem Zusammenhang möchte und muss ich auf den Einfluß von Brecht verweisen. Erstens sah diese John-Lennon-Brille bei ihm wesentlich cooler aus als bei diesem pseudointellektuellen John Lennon selbst. Und dann las ich - etwa fünfzehnjährig - einen Satz über ihn, der mein Leben verändern sollte: „Er (also Brecht) besaß den Einfallsreichtum eines Neurotikers." Ich hatte natürlich keine Ahnung, was ein Neurotiker war. Aber wenn solche Leute einfallsreich waren, dann wollte ich auch einer sein! Und das ist im Grunde auch alles, was aus mir geworden ist: ein einfallsreicher Neurotiker.)
Seit Jahren hielt ich Diavorträge über meine Bergtouren. Auch dort streute ich Scherze ein, aber dafür waren die Leute nicht vorrangig deswegen gekommen, zweitens war die Bergsteigerei mir zu heilig, um sie zu veralbern und drittens bin ich kein guter Performer. Viertens ist die wahre Position von Macht nie auf der Bühne. Sondern hinter den Kulissen. Mein Traum war, eine Moderation für meinen Vortrag zu schreiben, sie von einem Schauspieler sprechen zu lassen und unerkannt im Publikum zu sitzen. Während der Aufzeichnung der Show wurde diese Vision Wirklichkeit. Ich saß mit einer Freikarte anonym zwischen dem Studiopublikum, das dreißig Mark Eintritt zahlte und unter anderem auch über die paar Witze lachte, die von mir waren (wir arbeiteten ja mit acht Autoren, und ich hatte auch nie besonders viel drin wie die Stammautoren). Aber wenn

etwas Gutes von mir kam (von mir kam auch Schlechtes), die Leute lachten und ich zwischen ihnen saß, während sie nicht wussten, dass ich das geschrieben hatte: dann war ich glücklich. Eines hatte ich in meinen delirierenden Reflexionen übersehen: Das Niveau der Show war längst unter aller Kanone. Von der alten Klasse war nichts mehr übrig. Die alte Besetzung war auch im siebten Jahr immer noch dieselbe und durch zwei völlige Fehleinkäufe auf acht aufgestockt worden. Und das war schon deswegen schlecht, weil man immer eine Schlussnummer für alle acht Comedians plus den Gaststar brauchte. Wenn neun Personen auftreten sollen, jede mit mindestens einer Dialogzeile, wird der Sketch zu lang - vor allem weil das Publikum die Mechanik, jeden von all den viel zu vielen Hanseln auf der Bühne mit ein, zwei Dialogzeilen abzufeiern, längst durchschaut hat, bevor die Qual endlich ein Ende hat.

Dazu erwies sich das Konzept mit den Gaststars als falsch. Haben Sie schon mal eine Sendung eingeschaltet, weil Horst Tappert als Gaststar im Programmheft stand? Oder Theo Lesch? Kennen Sie überhaupt Theo Lesch? Das war einer der Ärzte in „Freunde fürs Leben" und später „Der Fahnder". Oder Sven Martinek? Diesen hölzernen Anti-Belmondo aus „Der Clown"? Deutschland hat zu wenige Stars, um wöchentlich einen präsentieren zu können, der auch noch die Gabe haben sollte, komisch zu sein. Jemand wie Horst Tappert hatte wenigstens noch einen gewissen Sympathiebonus. Aber auch für diese Nichtse wie Lesch, Martinek oder Thomas Ohrner mussten extra Sketche geschrieben werden, die sie oder ihr Management erstmal aus einem gewissen Grundsatz heraus ablehnten. Dann wurde weggeschmissen, umgeschrieben, und am Ende kam jedesmal irgendeine drittklassige Scheiße heraus, mit der sie sich selbst blamierten und unsere Sendung noch schlechter machten, als sie ohnehin schon war. Bis heute hasse ich Thomas Ohrner, weil er mir einen Sketch versaut hat, „Suizid aktuell", eine Ratgebersendung für Selbstmörder, die ich - ohne eigentliche Idee am Anfang - ganz abstrakt aus dem Grundsatz deduzierte, dass man am immer über das lacht, wovor man Angst hat. Diese Entstehung gab mir eine große ästhetische Befriedigung. „Suizid aktuell" enthielt auch Verkehrshinweise: „Auf der Rheinbrücke bei Köln kommt es wegen starken Umkommens zu längeren Wartezeiten. Ortskundige Selbstmörder benutzen solange das neue Commerzbank-Hochhaus. Achtung, Lebensmüde an der Bahnstrecke Hamburg - Berlin: Der ICE Hemingway hat etwa zwanzig Minuten Verspätung." Am Schluß springt der Moderator aus dem Fenster, und aus dem Off sagt eine Stimme: „Jetzt springt der vom Hochhaus. Das ist doch nicht komisch!" Zur Antwort sagt eine zweite Stimme. „Wieso? Ist doch das Springer-Hochhaus."

Thomas Ohrner galt als große Hoffnung des ZDF, aber heute moderiert er „Das Glücksrad". Ich gönne es ihm. Diesem Mistkerl.

Bereits am Ende des ersten Tages war mir klar geworden, dass irgendwas nicht stimmte: Paulus, Matthias und Attik verließen den Raum, ohne das Licht zu löschen oder den Computer abzustellen. „Machen die Putzfrauen", sagten sie. So arbeitet niemand, der mit Liebe bei der Sache ist. Da war etwas nicht in Ordnung, aber das waren nicht sie. Am Ende der Probezeit ging ich zu Hugo und fragte, ob ich wiederkommen dürfte. Die Unwichtigkeit dieses Themas schien ihn geradezu anzuwidern und er winkte mich wortlos zu seinem Kollegen Jacky Drechser, der mich mit demselben Widerwillen zum Redakteur weiterschickte. Wie man sein hochbezahltes Personal so gleichgültig behandeln kann, ist mir bis heute ein Rätsel. Wobei man fairerweise bei Hugo einiges entschuldigen muss. Wenn er gute Laune hat, ist er brillant, er spricht einen wunderbaren Berliner Dialekt, und seine Show „Alles nichts, oder?" mit Hella von Sinnen, die genau wie RTL-Samstag-Nacht ständig auf Super-RTL wiederholt wird, hatte wirklich große Momente. Aber ihn als Chef zu haben, das war ein hartes Brot. Apropos Wiederholung: Neulich kam auf Super-RTL eine mit einer hübschen Spocht-Meldung: PferdeBrennen - wenn man sie anzündet.

Da saßen wir also vor flimmernden Schwarzweißmonitoren, angeblich aus Altbeständen von „Schreinemakers Live", und schrieben Gags. Ein bisschen wie Beamte: von Montags bis Freitags so etwa von halb elf bis um sechs. Das meiste wurde abgelehnt. Ein paar Nummern lagen ab Mittwoch in dicken Stapeln auf dem Dispositionstisch vor der Redaktion. Die wurden produziert. Die eigenen Nummern kann man schlecht beurteilen, aber man sah, was die Kollegen schrieben. Man sah Geniestreiche und völligen Mist, man sah die guten Nummern und die schlechten. Was in die Sendung kam und was auf den Müll, konnte man nicht nachvollziehen.

Unsere Autorenzimmer lagen auf der Südseite der riesigen Magic-Media-Studios in Köln-Hürth, von denen ich nie herausbekommen habe, wieviele Sendungen dort produziert wurden. Außer uns gab es „Ilona Christen", „Sieben Tage, sieben Köpfe", jeden Tag zwei Folgen von irgendwas mit Frank Elstner, eine Soap und noch irgendeine Talkshow. Und wahrscheinlich noch mehr, wie gesagt: ich habe es nie herausbekommen. Die Sonne heizte unsere Räume auf, aber wenn man die Fenster öffnete, drang der Lärm des Güterbahnhofs von Hürth herein, während auf dem Gang eine Kopiermaschine von der Größe eines Wohnwagens akustisch dagegenhielt. Andererseits: zu unserem Wochengrundgehalt, das höher lag als mein früheres

Monatseinkommen als Verkäufer im Outdoor-Laden, kamen noch die von der geschriebenen Sendezeit abhängigen Erfolgshonorare. Die Vollzeit beschäftigten Stammautoren, die regelmäßig viele Sketche in der Sendung hatten, verdienten wie Zahnärzte. Sie waren aber auch imstande, innerhalb kürzester Zeit nach genauen Vorgaben zu liefern. Guildo Horns Manager verlangt für seinen Schützling Nummern, in denen er nur „Danke!" sagt, weil das der Titel seines neuen Albums ist? Olli Dittrichs Maske als Rentner ist so schön, dass die Produzenten gleich noch eine Nummer in derselben Maske aufnehmen wollen? Die alten Hasen konnten das. Doch die wahre Wertschätzung für unsere Arbeit zeigten die überalterten Bildschirme. Alles lief nach einem einfachen Prinzip: Du bekommst viel Geld, also halt den Mund und funktionier`. Das galt nicht nur für uns Autoren, das galt genauso für alle anderen: Maske, Garderobe, Bühnenbild, Beleuchtung etc. etc. Wir waren eine ganze Etage voller hellwacher kreativer und hochgradig frustrierter Menschen.

Die Stammautoren waren hervorragende Handwerker. Sie waren auch sehr schnell. Aber originell war das oft auch nicht mehr. Die Autoren untereinander waren in zwei Lager geteilt. Im hinteren Zimmer saßen die Vollzeit- und Stammautoren um Paulus und Matthias, der später zum Headautor der SAT-1 Wochenshow aufrückte. Im vorderen Zimmer saßen als Vollzeitler nur Christian und Thomas, die vorher die Show „Happiness" geschrieben hatten. Dazu Karsten Dusse, dessen Radio-Sketche ich in SWF 3 so geliebt hatte und der heute bei RTL-Freitag-Nacht, der im Moment in Hochform befindlichen Nachfolgesendung, die Straßenumfragen durchführt. Martin Perscheid, der heute als Cartoon-Zeichner erfolgreich ist, hatte gerade aufgehört. Jahre später lernte ich noch einen früheren

Samstag-Nacht-Autoren kennen: Michael Wirbitzky, mit dem ich die EIGER-LIVE-Übertragung kommentierte.

Zwischen den beiden Zimmern jedenfalls verlief ein tiefer Graben. Die hinteren waren die richtigen, die vorderen waren die nicht richtigen. Das hing nicht nur mit der Dienstzeit zusammen, sondern auch damit, daß Olli Dittrich sich die Leute, mit denen er Mittwochabend den Spocht zusammenstellte, persönlich auswählte. Aus dem vorderen Zimmer durfte nur Karsten dabei sein. Und ich, weil man mich ja für den Spocht geholt hatte. Jedenfalls saß ich bald im vorderen Zimmer, weil ich mich mit Christian am besten verstand.

Nicht nur das Niveau der Sendung war im Keller, sondern auch - was die größere Bestürzung hervorrief - die Einschaltquoten. Schuld waren natürlich wir. In den Autorensitzungen am Montagmorgen hauten uns die Produzenten die Sketche um die Ohren, die sie in der Vorwoche selbst ausgewählt hatten. Wenn der Laden nicht lief, erinnerte man sich daran, dass der Text am Anfang einer Sendung stand. Das ist der Nachteil, wenn man DIE IDEE liefert: die Idee ist so verdammt leicht zu kritisieren. Hugos Resümee solcher Sitzungen lautete: „Wir müssen einfach witziger werden!" Mit diesem Satz in den Ohren schlichen acht Autoren aus dem Besprechungsraum, und wenn ich an die Zeit in Köln zurückdenke, ist es dieser Satz, der mir als erstes in den Sinn kommt: Wir müssen einfach witziger werden! Mittwochabend, wenn wir den Spocht machten, gab es diese Momente, wenn Olli Dittrich berechnete, wieviele Witze wir noch brauchten. Und sechs erwachsene Männer liefen abends um zehn verzweifelt im Kreis und suchten nach dem letzten Witz....

Mit Karsten schrieb ich eine Parodie auf eine mißlungene Nike-Werbung, in der Lars Ricken mit Lederjacke im leeren Stadion steht und als achtzehnjähriger Fußballmillionär coole Sprüche contra Kommerzialisierung des Fußballs ablässt. Unseren Lars-Ricken-Sketch hob Hugo als leuchtendes Vorbild heraus: so solle geschrieben werden. Die Nummer wurde auf die folgende Woche verschoben und dann nie produziert. Von der Enttäuschung habe ich mich nie erholt. Ich war noch nicht verheiratet, ich hatte keine Kinder: ich war zu sensibel.

Die Stammautoren hatten auch in der Produktionspause zwischen der letzten und der aktuellen Staffel Sketche geschrieben. Tag für Tag, Woche für Woche, Monat für Monat saßen sie vor diesen Schwarzweiß-Monitoren. Die angenommenen Sketche kamen in einen großen roten Ordner, doch keine einzige Nummer aus dem roten Ordner wurde je produziert. Der rote Ordner war ein ausbruchsicheres Witz-Zuchthaus: keinem einzigen Gag gelang je die Flucht. Die Autorengehälter in der Produktionspause betrugen rund vierzigtausend Mark pro Monat. Immerhin: Sendehonorare hat man sich gespart.

Nach der Probezeit kam ich noch ein paar mal wieder. Ich wohnte bei einem Freund, einem Fernsehjournalisten, den ich von dem Drehbuchstipendium kannte. Mit Jürgen hatte ich die meisten und die schönsten Ideen. Oh, wir hatten großartige Abende. Die Kölner Südstadt um den Chlodwigplatz, wo Jürgen wohnt, ist das schönste und erstrebenswerteste Stadtviertel, das ich kenne. Der Redakteur bot mir schließlich eine halbe Stelle an. Aber ich wollte nur eine viertel, und das wollte er nicht. Nach dieser Staffel wurde RTL-Samstag-Nacht eingestellt. Einige der Autoren wurden nicht einmal angerufen. Sie erfuhren es aus der Zeitung.

Irgendjemand hat mal geschrieben, Fernsehen sei die moderne Liturgie. Was im Fernsehen kommt, scheint irgendwie echter und von stärkerer Bedeutung als das reale Leben. Manchmal scheint es geradezu, als brauche das Fernsehen die Wirklichkeit nicht mehr. Auf der anderen, dem Zuschauer verborgenen Seite des Fernsehens, stand bzw. steht man irgendwie dort, wo die Wahrheit hergestellt wird. Als wäre man ein Messdiener des Erzbischofs. Fürs Fernsehen zu arbeiten, bedeutet ein Eingeweihter zu sein, ein Wissender, ein Besonderer. Jedenfalls kommt man sich so vor. Nicht nur neurotische Autoren. Alle.

„TV macht süchtig", sang Nina Hagen, und das stimmt. Das gilt nicht nur für die Zuschauer, sondern vor allem für den, der dort arbeitet. Ich kenne kaum ein besseres Gefühl als Autor, als wenn du vorm Fernseher sitzt und den nächsten Satz kennst: weil du ihn geschrieben hast.

Im Päcklewahn
Survival in der Fußgängerzone

Auch die verbotenen Parkmöglichkeiten sind voll. Alle. Auf Anwohnerstellplätzen stapeln sich Fahrzeuge mit Kennzeichen EM, WT und VS. Unbeirrbar wie Lemminge ziehen Menschen aus allen Himmelsrichtungen in die Fußgängerzone. Dort drängen sie sich, als wäre das alles ein riesiges kaltes Büffet. Vor den Geldautomaten die gleichen Schlangen wie im Sommer an der Eisdiele. Überfüllte Busse und Straßenbahnen, die Truppentransporter der langen Samstage, verschieben Scharen von Freiwilligen ins Zentrum, wo diese energisch von den Haltestellen ausschwärmen. Suchen, Drängeln, Warten und Bezahlen.

Aus den Kaufhäusern kommen sie zurück - schwer bepackt, gehetzt, als wären sie auf der Flucht und all die Tüten und Päckle ihre letzte Habe. Unter den Arkaden zwischen Martinstor und Siegesdenkmal mutige Straßenmusiker in einer Brandung aus Menschen und Einkaufstüten. Die Vier-Schanzen-Tournee kommt im Januar. Im Fernsehen. Die vier Samstage im Dezember machen wir selbst. „Der Verband des Deutschen Einzelhandels äußerte sich zufrieden" - wir waren dabei! Und das war kein Zuckerschlecken. Vielen Dank für ihren Einkauf.

Die schönste Erfindung vor Einführung der Kreditkarte: der Päcklewagen. Nur so können Sie mehr einkaufen, als Sie auf einmal über längere Strecken zu tragen imstande sind. Und vom Päcklewagen schaffen Sie es dann auch mit allem Erworbenem auf einmal bis zum Bus und zurück hinter die Linien der Weihnachtskämpfe. Und eine Woche Fronturlaub bis zum nächsten Sonnabend. Denn dies ist keine richtige Straßenschlacht. Es ist nur: ein langer Samstag im Dezember.

Unvergessene Heimat
Kleine Felsen, große Sehnsucht

Am Fahnenbergplatz in Freiburg, gleich gegenüber von der AOK, gibt es ein Vertriebenendenkmal. Ein wuchtiger Betonklotz steht wie ein Turm in der Brandung des Berufsverkehrs und darauf eine Inschrift: „Unvergessene Heimat". Und immer, wenn ich diese Inschrift lese, denke ich an den Ith. Das ist meine Heimat, von dort komme ich her.
Sicher, aufgewachsen bin ich ganz woanders. In Bad Schwartau, einem Vorort von Lübeck, knapp dreihundert Kilometer vom Ith entfernt. Und als ich zum ersten Mal in den Ith kam, war ich schon zwölf oder dreizehn, aber das ändert daran nichts. Neulich haben wir das Haus ausgeräumt, in dem ich meine Kindheit verbrachte und wo meine Mutter noch wohnte, seit ich 1982 nach Freiburg ging. Fünfzig Jahre in Bad Schwartau haben ihr nicht das Gefühl geben können, dieser Ort sei jetzt ihre Heimat, und so zog sie im reifen Alter von fünfundsiebzig Jahren zurück nach Dresden. So ein Umzug, bei dem sich letztmals und endgültig die Tür hinter so vielen Kindheitserinnerungen schließt, ist eine melancholische Sache. Voll von Wehmut und tausend plötzlich aufkeimenden Erinnerungen halfen meine Schwester und ich unserer Mutter beim Packen. Und deutlicher als je zuvor merkte ich, dass dieses Haus meine Heimat nie war. Meine Heimat war der Ith. Die Wiese mit den Zelten, der Hütte, den Buchen und den Felsen. All das und die zahllosen Wochenenden während meiner Schulzeit.
In „Paris, Texas" erzählt der einsame Held Trevis, daß er das Grundstück gekauft hat, wo seine Eltern vor seiner Geburt

gelebt haben, weil ihn das Stück Land fasziniert: wo er gezeugt wurde. Meine Eltern waren nie auf dem Ith, sie wissen nicht einmal, wo das alles liegt. Meine ganze Familie weiß nichts, ahnt nichts von alledem, so als sei ich in Wahrheit ein Findelkind. Denn immer habe ich das Gefühl, als sei ich dort entstanden. Dort wurde ich der, der ich bin. Dort lernte die Grundlagen all dessen, was ich heute weiß, auch wenn das vielleicht nicht viel ist. Aber zum Beispiel, dass man sich seine Ziele immer in der richtigen Größenordnung suchen soll. Ist das Ziel zu einfach und zu leicht zu erreichen, wird es nicht befriedigen oder ist nicht einmal ein richtiges Ziel. Ist das Ziel zu schwierig, schafft man es nicht, vergeudet seine Energie und hat nur die Frustration. Lange nachdenken, was man eigentlich will, dann nachdenken, was möglich und was wirklich unmöglich ist und von der Grenze zum Unmöglichen ein paar kleine Schritte zurücknehmen. So etwas ist ein Ziel. Die erste 7- war so ein Ziel, der erste Sechser solo, der erste Achter.

Später andere Dinge, wichtigere, die nichts mit Klettern zu tun hatten, aber das Augenmaß hatte ich dort gelernt, auf dem Ith. Dort ist ein magischer Ort. Nicht nur für mich, der ich so pathetisch drüber schreibe, sondern für viele andere auch. Ein sehr, sehr schöner Ort war das schon immer, und ein magischer Ort wurde es spätestens durch all die Liebe, die die Kletterer ihm seit Jahren entgegenbrachten.

Helmut gab mir einmal einen Tip für die Westkante des Haderturms: mit dem Dreifinger-Untergriffloch für die linke Hand sollte ich den Überhang klettern. So sei die Stelle kinderleicht und elegant obendrein. Es stimmte. Und merkwürdig, ich behielt seinen Tip „als eine ungewöhnlich wertvolle Lehre (in) meinem Gedächtnis und verstaute sie in meinem Gehirn, wo sie bis zum heutigen Tage aufbewahrt blieb".

Ein paar andere Kletterstellen habe ich ähnlich genau in Erinnerung, auch wenn kein Detail mir je so bedeutsam vorkam wie dieser Tip von Helmut für eine Tour, die nicht schwieriger ist als 5+. Die große Kelle an der Dachkante im „Briefkasten" zum Beispiel - der besten 6- der Welt - oder meine Variante am Einstieg der „Anaconda". Die Anaconda, damals eine Furcht und Begeisterung erregende Neuheit, wird heute so oft geklettert, dass die weiß gechalkten Löcher und Schuppen fast automatisch die richtige Griffabfolge vorgeben. Aber die beiden Zweifingerlöcher weit links vor dem ersten Überhang, die ich dort mal entdeckte und mit denen der Einstieg wirklich leichter fällt, werden offensichtlich von kaum jemandem benutzt. Wie ein kleines Geheimnis im Kinderzimmer: die roten Murmeln glänzen noch etwas schöner als die blauen.

Es ist zuviel Erinnerung, um auch nur ein Inhaltsverzeichnis der wichtigsten und schönsten Momente anzugeben. Das Wochenende mit Axel, als wir in zwei Tagen sage und schreibe über ein Dutzend Sechser kletterten, eine Leistungssteigerung, wie sie in diesem Maße nie wieder vorkam. Axel lebt heute leider nicht mehr, genau wie Jürgen, zwei der besten Freunde aus den frühesten Tagen. Farewell, Kameraden! Wir werden euch nie vergessen. All die Aktionen mit Helmut, die nächtliche Aktion mit Ebi am Buchenschluchtfels, der Tag, als Axel nach zwanzig Flaschen Bier den „Drachentöter" nachstieg. Was nützte es uns, dass wir besser kletterten als Axel, dachten Helmut und ich, wenn wir nie soviel saufen konnten wie er? Das damals traditionelle Fußballspiel zu Ostern gegen die Dorfmannschaft von Holzen. Der Tag, als mir der „Schulterweg" gelang, meine erste 9-. Streng genommen nicht gelang, weil ich am ersten Haken ruhte, aber an der ersten Schlüsselstelle war der Griff patschnaß und die Route insgesamt schwieriger, aber auch egal:

„Ich kann es gar nicht mehr schaffen", hatte ich nach der Stelle zu Jan gesagt, „ich bin viel zu k.o.". Aber aufgegeben wurde nicht, und den Dynamo an der oberen Schlüsselstelle sprang ich so verzweifelt weit, dass ich fast über das Ziel hinausschoß und tatsächlich noch oben ankam – es war ein großartiges Gefecht. Denn darauf kam es an: auf das Kämpfen, nicht auf das Siegen.

Der Tag mit Hansi Weninger in all seinen Neutouren in den Holzner Klippen. Der Tag, als dieser polnische Schauspielschüler aus Kiel vor der Hütte stand und laut deklamierend eine Rede von Catilina auf das Geschehen am Fels abwandelte: „Bürger von Rom! Wir sind heute zusammengekommen, um an den Leisten zu zerren!" Grandios. Und ein Traum wurde wahr, als ich einmal einen Kasten Einbecker Urbock hell - das trinkt man im Ith - mit in Chamonix hatte. Dies Bier ist auch bei völlig nüchterner Betrachtung eines der besten in Deutschland. All die Currywürste drüben im Ith-Hotel. All die Nächte unter freiem Himmel.

Klettern und Bergsteigen haben viel mit Willen zu tun, und unter anderem deswegen kann einen dieser nutzlose Zeitvertreib so glücklich machen. Glücklich oder wenigstens zufrieden ist man, wenn man ein Ziel oder einen Zustand erreicht hat, denn man sich wünschte. Das heißt, Wunsch oder Wille sind VORAUSSETZUNG fürs Glück. „Wunschlos glücklich" kann man ohne einen vorher bestehenden Wunsch gar nicht werden. Und es folglich auch kein Zufall, dass man in depressiven Phasen keinen rechten Willen aufbringt. Klettern ist ganz allgemein so schön, dass man oft nicht anderes will als Klettern, Klettern, Klettern. Wegen der Bewegung, wegen des schönen Gesteins, wegen der Landschaft und der frischen Luft, wegen der großartigen Menschen, die man dort trifft und mit denen man diese

Begeisterung teilt. Und dann will man klettern und dann geht man klettern und schon ist man glücklich. Am Fels selbst dann liegen Wille und Erfüllung nochmal ganz nah zusammen. Manchmal, ja manchmal ist das Leben wirklich ganz einfach. Und vor allem: das ist Leben an den Felsen, das ist keine Flucht vor der Wirklichkeit oder Kompensation seelischer Verknotungen und was immer irgendwelche Psychologen behaupten. Natürlich gibt es auch Torfköpfe an den Felsen, und ein paar Psychopathen gibt es auch, aber wie denn auch nicht? Das kommt in den besten Familien vor, in unserer senkrechten Familie ebenfalls - und Familien ohne Psychopathen und Bekloppte sind sowieso bescheuert.

Ich bin viel gereist, und Heimweh hatte ich nicht oft. Wenn, dann war es Heimweh nach der deutschen Sprache und nach dem Ith. Wieder zuhause sein, da sein, wo man herkommt. Wo alles so ist, wie es schon immer war, wie es gut ist und genau, wie man es kennt. Wo alles an seinem Platz ist. Jeder Felsen, jeder Griff. Per Anhalter und die letzten Meter zu Fuß auf den Parkplatz kommen, den fünfzig Meter langen Weg zur Hütte. Herz und Augen und die Lungen werden ganz groß, und den Rucksack abstellen. Die Kletterschuhe rauskramen und im Dauerlauf und mit feuchten Augen und feuchten Händen in den Wald und solo den „Kakteenweg" hinauf. Coming home. Auf spanisch: volver a casa oder auch: volver a tu tierra.

Heute darf man ja theoretisch nicht mehr solo klettern. Dann steigt man nämlich auf die Felsköpfe aus, und die darf man nicht mehr betreten. Es gibt tausend gute Gründe, die Bürokraten, die sich das ausgedacht haben, mit einer großen Moulinex zu zerstückeln und die zu Brei zerkleinerten stinkenden Kadaver so tief zu vergraben, dass kein Tier sich je an diesem seelenlosen Abschaum vergiftet. Dass sie uns damit auch das Eumeln

- Soloklettern - verboten haben, ist nur ein Grund von vielen. Der einzige Grund, warum auch ich mich an die Dinge halte, die die IG Klettern ausgehandelt hat, ist, den Bürokraten und bösen Magiern aus dem Reich der falschen Behauptungen keine Munition für weitere Einschränkungen zu liefern. Und: Ihr wiegt euch in falscher Sicherheit, Bürokraten!, wenn Ihr glaubt, dass all die jungen Sportkletterer in ihren Kellern wirklich trainieren würden. In diesen angeblichen Trainingskellern werden in Wahrheit große Moulinex-Zerstückler gebastelt, und eines Tages werden wir - und oh, wir sind viele! - in all euren Schreibstuben auftauchen und Zick-Zick-Zyliss! wird es vorbei sein mit euch. Doch vergessen wir vorerst wieder jene nutzlosen Kreaturen, die es nicht wert sind, unsere Gedanken mit ihnen zu beschmutzen.

Die Vertriebenen aus den ehemals deutschen Ostgebieten haben es heute schwer in der Öffentlichkeit. Wer seit fünfzig Jahren im Westen lebt, dem geht es meist besser als denen, die heute in den Häusern der damals Vertriebenen wohnen. Aber man fühlt nicht rational. Es ist eben die Heimat. Und ganz gleich, ob man vertrieben wurde oder freiwillig ging, ob Kriegsverbrechen eine Rolle spielen oder wohlmeinende, aber eben ahnungslose Umweltbürokraten, man hängt an seiner Heimat. Man hat nur eine. Und weil Heimat meist eine Erinnerung an die Kindheit ist, hängt man an ihr mit solch kindischer Empfindsamkeit.

Und alle Wehmut, die immer wieder aufkommt, wenn man mit den Freunden von damals über die Zeiten von damals redet, sollte über eines nie täuschen: eine glückliche Vergangenheit ist eines der kostbarsten Dinge, die ein Mensch überhaupt haben kann. Und eine glückliche Vergangenheit ist vor allem noch etwas anderes: ein Baustein für eine glückliche Zukunft.

Ich klettere lang nicht mehr soviel wie früher, und auch das Bergsteigen hat nicht mehr den gleichen Stellenwert. Nicht annähernd, aber Klettern wird immer wie ein großer Schrank in meiner Wohnung sein.
Denn ein Teil von mir gehört nicht mir. Ein Teil von mir gehört dem Klettern. Ein Teil von mir gehört eigentlich da oben hin, in den Norden, in den Ith: Unvergessene Heimat.

ALPIN, 1997

Sweet Home Chamonix
Eine Zwischenbilanz nach neunzehn Jahren

Der Zöllner schien uns nicht zu bemerken. Sein Kopf mit der Uniformmütze ruhte auf verschränkten Armen auf der Tischplatte. Er rührte sich nicht. Es war nachts um zwei, irgendwann im Sommer 1979. Jürgen war neunzehn, ich zwei Jahre jünger. Einfach weiterzufahren trauten wir uns nicht. Eine Weile stand der rote Käfer mit laufendem Motor vor dem Zollhäuschen auf der italienischen Seite des Mont-Blanc-Tunnels, dann wachte der Zöllner auf und winkte uns durch.
Was für ein unglaubliches Abenteuer! Ein richtiger Erwachsener (doppelt erwachsen, irgendwie, durch seine Uniform) schläft im Dienst, und das an einem so unglaublich abenteuerlichen Ort wie einer richtigen Grenze! Was würde die Zukunft noch für phantastische Abenteuer bringen! Das ist das Tolle, wenn man noch so jung und ahnungslos ist: Alles scheint bedeutend, wichtig, wunderbar.
Meine Bewunderung für andere war grenzenlos. In Norddeutschland gab es damals nur einen, der den Walkerpfeiler gemacht hatte, das war Altmeister Richard Goedeke. Eines Abends im Harz bemerkte Axel über einen Kletterer, den wir am Tag getroffen hatten: „Kaum zu glauben, daß Richard mit diesen dünnen Waden den Walkerpfeiler raufgekommen ist." Ich konnte es überhaupt nicht fassen: Mit eigenen Augen hatte ich einen Menschen gesehen, der den Walkerpfeiler gemacht hatte! Ich hätte ihn also unter irgendeinem billigen Vorwand mit eigenen Händen berühren können!
Wir waren die Jungmannschaft der Sektion Lübeck des DAV

und zu viert: Martin und Axel in Martins rotem Fiat 127 sowie Jürgen und ich. Wenn der Käfer auf den Passstraßen hinter dem Fiat herfuhr, nannten wir das: „Rosemeyer jagt Captain Starlight." Großartig. Einfach alles war großartig. Auf Tour trugen wir alte Bundeswehr-Filzhosen aus dem Grabbeltisch vom Kaufhaus Matzen, die kosteten nur zehn Mark. Diese Hosen kratzten fürchterlich und waren, da knöchellang, sehr warm. Vor allem, wenn man bei 30 Grad im Schatten mit dicken Bergstiefeln in diesen Hosen vor der Seilbahn Schlange stand. Das ist bis heute eine meiner deutlichsten Erinnerungen an Chamonix im Sommer: kurz vorm Hitzschlag und dann diese schrecklich juckenden Filzhosen. Du willst ein Ritter sein, mit famosen Kameraden glänzende Siege erringen, aber ach, deine Hose kratzt. Mann, war das lächerlich.

Zwei Jahre später kamen wir wieder. Uns gelangen drei Touren, und ich war endgültig auf den Geschmack gekommen: Bergsteigen! Bergsteigen!! Bergsteigen!!! Ich hätte nicht sagen können, ob das ein Sport war oder höhere Berufung oder sonst etwas. Es war einfach unglaublich wichtig.

Im Zentrum von Chamonix gab es eine Kneipe, da saßen lauter britische Bergsteiger mit Bärten und Faserpelzen, richtige Bergsteiger also und damit richtige Männer, die richtigsten Männer. In warmen Nächten waren es so viele, dass sie draußen auf dem Gehweg saßen, standen und sich drängten wie Fliegen um einen schwärenden Kadaver. Wir gingen damals nie hinein in die „Bar National". Ich nehme an, wir trauten uns nicht.

Auf dem Zeltplatz lernte ich Marianne aus Freiburg kennen und in Freiburg ihren Bruder Ecki und die Zwillinge. Die Zwillinge Martin und Wolfram hatten in diesem Sommer die Amerikanische Direkte an der Dru gemacht, was uns allen kolossal imponierte. Ich war mir sicher, dass ich das nie könnte. Was mich genauso beeindruckte, war die Musik, die sie hörten: „Ton, Steine, Scherben". Die Sehnsucht und Aufbruchsstimmung in Rio Reisers Stimme und der Text in Stücken wie „Keine Macht für Niemand" passten für mich zum Bergsteigen wie schönes Wetter.

Zum Zivildienst zog ich endgültig nach Freiburg, übrigens genau an dem Tag, als Kohl Kanzler wurde: 4. Oktober 82. Die Nähe zu Chamonix war nicht der einzige, aber ein wichtiger Grund.

Die nächsten Jahre klappte keine einzige Tour, erst im Winter 85 platzte bei einer Alleinbegehung der Nantblanc-Flanke an der Aiguille Verte der Knoten. 1985 war auch sonst ein bisschen der Durchbruch, im Sommer gelangen noch die Amerikanische Direkte an der Dru, Droites Nordwand und Fou-Südwand. Und an der Dru hatte ich meine erste Route mit Jörg Steinsberger gemacht. Er studierte in Freiburg, wir verstanden uns glänzend. Die meisten, vor allem die meisten großen Routen gelangen mir später mit ihm.

Wir lagerten nun immer auf einem anderen Zeltplatz: „Pierre d'Orthaz", der Insiderzeltplatz, Zeitplatz der Zünftigen, über den ich später viel geschrieben habe. Da waren Briten, Amis, Kanadier, Italiener, Spanier, Schweden, Slowenen, Tschechen, Polen und Bulgaren. Nur leider keine Dusche. Aber dafür war es sehr, sehr billig und nie langweilig. Am meisten los war immer bei den Spaniern, dort gab es das beste Essen, die besten Getränke, und seit einem Sommer im Baskenland war ich außerdem ein großer Fan von spanischem Punkrock. „Ton, Steine, Scherben" passten schon sehr gut zum Bergsteigen, aber Punk war noch besser. Irgendwie auch zünftiger.

Wir saßen im „Nash", wie die „Bar National" bei uns Insidern hieß. Dorthin konnte man sich Post schicken lassen, und hinter dem Tresen lag ein großer Stapel Briefe in den typischen Luftpostumschlägen. Einmal hier einen Brief zu bekommen, das musste so ähnlich sein wie in jener großartigen Szene in Jack Londons „König Alkohol", wo der junge Jacky zum ersten Mal in der Seebärenkneipe „Zur letzten Chance" anschreiben darf. Außerdem kam die „Bar National" bei Reinhard Karl und im „Mountain Magazine" vor.

Einmal stand auf dem Camp ein muskulöser, tätowierter Bayer in einer Faserpelzhose (das war damals noch etwas aufregend Neues) und hielt einen langen Monolog darüber, wie unglaublich dick er wäre, wenn Kiffen dick machen würde. Aber Kiffen machte nicht dick, und deswegen, so erklärte er, brauchte man ihn glücklicherweise nicht zu rollen. Der Ire Steve konnte genau ein Wort Deutsch, und auf das war er stolz: „I can say Schwanzlutscher".

In der Autobiographie des französischen Schwerverbrechers Jacques Mesrine, 1979 als Staatsfeind Nummer eins erschossen, schildert der Autor den Enthusiasmus während seines ersten Bordellbesuchs im Alter von fünfzehn Jahren. Diese Art der Begeisterung kam mir sehr bekannt vor. Wäre er früh genug auf die senkrechte Bahn gekommen, ich glaube, er hätte ein guter Alpinist werden können anstelle eines vielfachen Mörders. Die empfehlenswerteste Lektüre für alle, die fürs Abenteuer schwärmen oder zumindest diese Schwärmerei noch aus der Erinnerung kennen, ist und bleibt aber Jack Londons „König Alkohol".

Wir lernten viele Leute kennen, und viele lebten ziemlich wild. Ich hatte keine Ahnung, was ich mal werden sollte. Alle existierenden Berufs- und Lebenswege, die ich sah, fand ich bescheuert. Immerhin wusste ich also, was ich nicht wollte, und das war ziemlich viel. Ich hatte mal einen Engländer gefragt, was er außer Klettern sonst so machte, und er hatte geantwortet: „Trying not to work - ich versuche, nicht zu arbeiten." Das schien schonmal ein verdammt guter Ansatz. Arbeit war Zeitverschwendung, ein Job war die Hölle, aber was wichtig war, das stand fest: schwierige Routen klettern, nie Geld haben und viel Bier vertragen (wie man sieht: Das Thema Frauen kam entschieden zu kurz).

Bergsteigen ist zwar ein sehr egozentrisches Hobby, aber irgendwie hatte ich immer das Gefühl, einer bestimmten Sache, einer (wenn auch ungenauen) Idee zu dienen. Und das ist eine alte Weisheit: Dienen – also an etwas glauben – macht stark, herrschen wollen macht schwach und unglücklich.

Man braucht eben nur etwas, dem man auch dienen will, an das man glauben kann. Und das sucht man sich nicht aus, das kommt zu einem.

Als ich im Sommer 88 mit einem geliehenen Citroen, Martin Zimmermann als Partner und zweiundsiebzig Dosen ALDI-Bier im Kofferraum einrollte, war ich im Camp bereits ein alter Hase. Ich kannte Leute, die wie ich regelmäßig dort waren: Gary und Victor aus Sheffield, der glatzköpfige Roger sowie Bernd Weißgerber aus Essen. Es war, als käme ich nach Hause, und ab und zu lag im „Nash" ein Brief oder eine Karte für mich.

Martin und ich machten den Walkerpfeiler. Er komplettierte damit die drei klassischen Nordwände. Ich war stolz, dabeizusein, wie mein großes Vorbild, Martincito „el abuelo" Zimmermann seine drei großen Wände komplettierte. Zwei Jahre zuvor, zwischen Halbfinale und Endspiel der WM 86 hatten wir die Matterhorn-Nord, gemacht, dann war er zwei Jahre in Südamerika. Nun sahen wir uns wieder und machten die nächste große Nordwand, und mehr als das - wir machten es sehr zünftig: Wir biwakierten unterhalb der Hütte, tranken Dosenbier und hatten einen kleinen Kassettenrecorder dabei, mit dem wir im Wandbiwak „Tote Hosen" hörten. Auf wenige alpine Leistungen bin ich so stolz wie auf dieses Biwak mit Martin.

Als er heimfuhr, kletterte ich mit dem sagenhaften Bernd Weißgerber aus Essen. Als wir einmal mit sehr viel Ausrüstung in der Seilbahn auf die Aiguille du Midi fuhren, da stand er dort oben mit einer neongrünen, hauchdünnen Windjacke, einer Sonnenbrille, die einem fünfzehnjährigen Crackdealer aus Harlem zur Ehre gereicht hätte, einem kleinen Rucksack und - einer Sporttasche. Wir machten keine sehr großen Touren, aber wir verstanden uns prima. Normalerweise faselte man über nichts anderes als Klettern. Bernd und ich redeten nur über Frauen.

Gary, den ich auch schon häufig dort getroffen hatte, lud mich im Winter nach Chamonix ein. Zu viert hatten sie ein Zwei-Personen-Appartement gemietet und einen Haufen Leute eingeladen. Im Januar 89 schien wochenlang die Sonne, aber ich lernte fürs Studium. Als ich endlich ankam, wurde es für drei Wochen schlecht. Gary und die anderen kannten ein paar wirklich brauchbare Kneipen. Da waren das „Chambre Nouef" am Bahnhof und vor allem das „Le Brevent" an der Straße Richtung Les Houches, wo gelegentlich Bands spielten. Bis zu elf Leute schliefen im Appartement, das offziell für zwei Personen vorgesehen war. Es klappte keine einzige Tour mehr, aber im nächsten Winter stieg die gleiche Aktion.

Diesmal schneite ich mit vier deutschen Freunden ins Appartement. Wir machten ein Vorbereitungstreffen für unsere Expedition zum Ogre im Sommer 90, und die Engländer nahmen uns auf. Michael Lentrodt, Jürgen Wittmann, Hans-Christian Hocke, Toni Schuhegger und ich gingen ins „Nash" und unterschrieben den Expeditionsvertrag. „Wozu einen Vertrag?", brummte Victor. „Wenn einer draufgeht, kriegen die anderen seine Ausrüstung. DAS ist der Vertrag!"

Ich habe nie jemanden gekannt, der so enthusiastisch an die Berge und die Bergsteiger geglaubt und sie geliebt hat wie Victor Radvils aus Sheffield. Victor aus Sheffield: der Mann mit der hohen Stirn und den hellen blauen Augen, der jeden Abend „Where's my fucking dinner?" brüllte und das Ketchup dann statt auf seine Chips auf den Teppichboden des Appartements klatschte. Victors Job daheim in England war: Butler.
Er konnte nicht Skifahren. Er stieg in die Bindung, schrie: „Keine Gefangenen!" und schoss Richtung Tal. Eines Nachts marschierte er sturzbetrunken den langen, von vielen Sommern gewohnten Weg vom „Brevent" bis zum Zeltplatz „Pierre d'Orthaz" und suchte im Schnee nach seinem Zelt. Bis ihm einfiel, dass er ein Hotelzimmer hatte.
Er überstand mehr als eine gefährliche Situation am Berg. Dass ausgerechnet er durch einen Flugzeugabsturz ums Leben kam, ist einfach ein grausamer Witz. Goodbye, Kumpel! Hoffentlich sehen wir uns im Himmel wieder.
Ich verbrachte nur noch einmal mehrere Wochen in Chamonix, im Juni 91. Es war der letzte Sommer, den der Zeltplatz „Pierre d'Orthaz" geöffnet hatte, und ich bin froh, dass ich dabei war. Für Schlechtwetterphasen hatte ich ein Budget von einer Mark pro Tag, und es regnet mal wieder viel in Chamonix. Manchmal tröstete ich mich, indem ich den Leuten auf Baustellen zuschaute. Immerhin: Die mussten arbeiten - ich nicht! Als das Wetter besser wurde, war leider ich mit Arbeiten dran, und ich musste nach Hause. Danach fuhr ich mit einer Ausnahme nur noch im Winter. Von Freiburg braucht man nur vier Stunden, so kann man auch große Touren genau auf Wetterbericht machen: hinfahren, einsteigen, heimfahren. Das funktionierte glänzend, vor allem mit Jörg als Partner und auch, weil wir uns dort mittlerweile sehr gut auskannten. Auch zwei Touren mit

Robert Jasper waren dabei. Was hätte ich früher gegeben, mit so jemand überhaupt mal reden zu dürfen!

Alpinistisch war das die erfolgreichste Phase, aber die ist vorbei: Jörg wohnt jetzt in Nürnberg und ich in München. Chamonix ist weit weg, und nicht nur geographisch. So oft wie früher werde ich nie mehr dort sein, ich hätte auch gar keine Lust. Man kann nicht ständig dasselbe machen, und außerdem habe ich tatsächlich eine Arbeit entdeckt, die mir Spaß macht, mehr Spaß als Klettern: Schreiben.

Aber Chamonix ist natürlich im Lauf der Jahre zu einer kleinen, großen Heimat geworden, nicht zuletzt dank einiger Gipfel, an denen ich mehrfach unterwegs war: Grand Capucin - fünf Routen (eine schöner als die andere), Grandes Jorasses drei Routen, zahllose Fehlversuche und über hundert Kilometer Fußmarsch rauf und runter. Und der Tiefblick in der Droites-Nordwand hatte noch während der dritten Route dort nichts von seinem beklemmenden Sog verloren. An der Dru war ich mit einem Fehlversuch und drei Routen insgesamt über eine Woche unterwegs: acht Biwaks allein an diesem Berg, darunter zwei der härtesten und eins der schönsten.

Die schönsten Erinnerungen an Chamonix sind aber eigentlich nicht die größten Touren. Die schönsten Erinnerungen sind die Zeiten, als ich ein erfolgreicher Bergsteiger werden wollte und noch keiner war. Die schönsten Erinnerungen sind die Menschen, die ich traf. Fünfzig Routen habe ich dort gemacht und bin jetzt selbst einer von denen, die ich früher so bewundert habe. Schade, eigentlich. Mich selbst kann ich nicht bewundern.

Alpin-Magazin, 1998

Picknick vorm Löwenkäfig
Die Skiabfahrt durchs Vallee Blanche wird oft unterschätzt

Zuerst müssen sie alle einmal hinauf. Zuerst warten sie alle neben der Talstation der Seilbahn auf die Aiguille du Midi, und es sind so viele, da möchte man Restaurantbesitzer sein an dieser Straßenecke. Bis zu vier Stunden warten sie. Andererseits, die Abfahrt dauert ja auch ein paar Stunden, das gleicht sich aus. Und langweilig wird es sicher nicht. Die Abfahrt ist nicht nur zwanzig Kilometer lang, sie ist auch nicht präpariert.
Bevor man die auf 3800 Meter Höhe gelegene Bergstation verlässt, kommt dieses denkwürdige Schild: „Achtung, Sie betreten das Hochgebirge!" Ob man das wirklich dranschreiben muss? Wie auf eine Käsepackung: „Achtung, enthält Konservierungsmittel?" Rechts der Montblanc, links die Grandes Jorasses, und vor einem dieser ausgesetzte Grat, von dem es tausend Meter weit hinunter geht, zurück Richtung Talstation. Seien wir ehrlich: Da müsste schon etwas Merkwürdiges passieren, bevor jemand übersehen kann, dass das hier ein Hochgebirge ist.
Und nun müssen sie alle diesen Grat hinunter. Und beeindruckt sind sie auch alle. Die Skifahrer, besonders die ohne den empfohlenen Bergführer, hatten noch nie die Möglichkeit vor Augen, tausend Meter tief abzustürzen, und das kann man hier. Es sind ein paar Seile gespannt, an denen kann man sich festhalten, aber viel ändert das nicht. Und wir paar Prozent Bergsteiger, die hier winters unterwegs sind, können kaum glauben, dass all die Leute sich da wirklich hinunterwagen - meistens ohne Steigeisen, manchmal ohne jede Trittsicherheit. Sagenhaft! Wenn wir so schwanken würden, wir trauten uns das nicht.

Sobald man den Grat hinter sich hat, ist die Strecke dann im großen und ganzen einfach zu befahren. Felsnadeln und Eiswände sind zum Greifen nah, es ist wie ein Spaziergang vor den Gittern des Löwenkäfigs. Man sieht nicht ins Tal von unterwegs, keine Straßen, kein Wald, keine Häuser. Man ist weg, man ist hier. Hier ist es großartig, und weil die Abfahrt so lang ist, dauert das Gefühl so lange.

In der riesigen Arena verteilen sich die Leute ganz ausgezeichnet, und deswegen fährt der Experte das hier nicht ohne Thermosflasche und vernünftiges Vesperpaket. Denn trotz der Massen kann man seine Ruhe finden. Wer hätte gedacht, wie entspannt es sich im Hochgebirge hocken läßt? Das wusste ich im Grunde nicht, trotz oder eher wegen der vielen meist schwierigen Bergtouren, die ich hier unternommen habe. Aber doch, es geht. Einen Croissant in der Linken, die Thermoskanne in der Rechten, keinen Zeitdruck im Rücken und im Herzen dieses Gefühl: Gott, ist das Leben schön!

Bis auf die Tatsache, dass soviele Leute unterwegs sind, ist das Vallee Blanche dabei die reine Wildnis. Keine einzige Gletscherspalte ist abgesichert. Und wer hineinfällt, fällt eben hinein und muss Glück haben, dass die Gendarmerie Haute Montagne ihn wieder herausfischt. Sonst bleibt vielleicht solange untertage, bis das Internet wieder altmodisch wird. Wenn man weiß, wie tückisch Spalten sein können, mutet einem das Treiben an, als würden die Leute in Autos aus Papier auf Safari gehen. Da möchte man manchmal Handzettel verteilen: „Nicht vergessen! Sie befinden sich im Hochgebirge!" oder ganz schnell vorbeifahren, damit man nicht helfen muss.

Als ich das Vallee Blanche das erste Mal hinunterfuhr, kamen wir von einer Klettertour. Einer großen Tour, unsere größte damals. Und im Grunde staunend, dass wir alles so gut überstanden und soviel Mut bewiesen hatten, eierten wir mit riesigen Rucksäcken die Spur hinunter. Als es schon dämmerte, trafen wir dieses holländische Pärchen auf Monoski. Sie waren gerade am Anfang eines langen Flachstücks, wo man schieben muss, und so wie sie sich bewegten, waren sie vermutlich auch mit normalen Skiern nicht sehr vertraut. Nun standen wir vor diesen unglaublichen Holländern und staunten noch mehr. Die waren ja mutig. Oder hatten die das Schild übersehen?

An manchen Stellen liegen auch noch hundehüttengroße Eistrümmer mitten auf der Piste, die sind hart wie Beton. Wäre diese Abfahrt in den USA, dann säßen wahrscheinlich Schadenersatzanwälte geduldig neben den gefährlichen Stellen. Ach was, überwintern würden die neben den heikleren Passagen. In Frankreich hat man es eben schon immer so gemacht, wie Messner es heute fordert: „Ein Berg, von dem man nicht herunterfallen kann, ist kein Berg, verdammt noch mal!" Und ein Gletscher, in den man nicht hineinfallen kann, ist eben auch keiner. Bei uns in Deutschland wäre das - leider! - undenkbar.

Ich bin das Vallee Blanche noch oft gefahren, meistens nach anderen Klettereien, manchmal aber auch einfach so. Da hat man als Bergsteiger unter all den ahnungslos Mutigen manchmal das seltene Gefühl, zu den etwas Vernünftigeren zu gehören. Und außerdem: Gerade wenn man die Berge kennt und jedem Gipfel Guten Tag sagen kann, gerade dann ist so ein vergleichsweise müheloser Tag im Herzen des Montblancgebiets ein Hochgenuss.

Wo es vom Gletscher schließlich in den Wald geht, muss man nach einem langen Flachstück die Skier auch noch tragen, aber gerade hier verzeiht man alles. Auch wenn der mühelose Hochgenuß nun allmählich doch etwas anstrengend wird. Nicht weil hier ein Kiosk steht, bei der einem die unglaublich überhöhten

Preise völlig piepegal sind, nein, weil hier einer der Höhepunkte kommt. Und der ist wie meistens bei dieser Abfahrt kein skifahrerischer, sondern ein optischer.

Verehrte Leserinnen und Leser, sollten Sie eines Tages hier vorbeikommen, dann bitte verbeugen Sie sich oder ziehen Sie wenigstens den Hut. Nein, nicht vor dem Kiosk. Gestatten - vis-á-vis in der vollen Beleuchtung der Nachmittagssonne - morgens haben wir ja schon stundenlang auf Karten gewartet und bis hier hat es auch eine Weile gedauert - die tausend Meter hohe Westwand der Drus. Es ist eine der spektakulärsten Ansichten der gesamten Alpen. Die Leute starren hinüber, als stünde dort Pamela Anderson. Die Bergsteiger übrigens noch mehr als die übrigen, sagen wir einmal: Besucher. Wie eine autistische Miss Universum steht sie da, die Drus: Unfassbar schön, unnahbar und sich selbst genug. Mag sein, dass die letzten Kehren der Waldabfahrt, ganz unten, wo man die Stadt schon hört, mal wieder keinen Schnee mehr haben und man in mitgebrachten Turnschuhen Skier und Stiefel zum Parkplatz schleppen mus. Stört das irgendjemanden? Nach so einer Abfahrt? Probieren Sie es aus! Am besten aber mit Bergführer oder ausreichend alpiner Erfahrung.

Vorm Kiosk steht ein großer Amerikaner, einer von diesen mit einsneunzig und Schuhgröße 46, und strahlt seine Begleiter an, fassungslos glücklich wie ein Kind und schüttelt langsam seinen großen Kopf. „Could we have a better day?", fragt er, „Hätte der Tag schöner sein können?"

Hätte er nicht! Jedenfalls nicht auf einer Piste.

Neue Züricher Zeitung, 2001

Das Café „Bei der Freiheit"
Dialektik einer alpinen Sehnsucht

Der erste vernünftige Gedanke zum Thema Freiheit, den ich hörte, kam von unserem Geschichtslehrer. Herr Frank stammte aus dem Osten und war in den Tagen des Mauerbaus geflohen. In der DDR, sagte er, ist nach offizieller Lesart die Freiheit durch den Staat garantiert, weil der Staat alles regelt: die Freiheit, einen Arbeitsplatz zu bekommen, die Freiheit, seine Wohnung bezahlen zu können, die Freiheit, dort Urlaub machen zu können, naja, wo man eben hinfahren durfte. Freiheit durch den Staat, das war das Prinzip. In der BRD, sagte er, besteht die Freiheit darin, dass der Staat sich da weitgehend heraushält: Freiheit vom Staat. Das leuchtete ein als die etwas werktreuere Interpretation dieses Schlüsselbegriffs der Menschheit, auch wenn soziale Härten immer ziemlich billigend in Kauf genommen werden. Und es entspricht ja auch eher dem, was der klassische Ausspruch von Rosa Luxemburg besagt: „Freiheit ist immer die Freiheit der Andersdenkenden" - logisch.
Nur was diese Freiheit konkret beinhaltet, die das parlamentarisch-demokratische System garantiert, das blieb offen. Aber diese Frage zu stellen und zu präzisieren, waren wir damals noch zu jung. Da war man froh, wenn man das mit der Freiheit der Andersdenkenden verstanden hatte. Ist Freiheit vielleicht - die „Abwesenheit von Zwang?" Wenn man alles machen kann, worauf man Lust hat? Das Fehlen jeglicher Zwänge - zu Ende gedacht also auch ohne den Zwang, sich anzustrengen? Das hieße, man liegt als Junggeselle auf einer Wiese im Schlaraffenland und ist gesund, reich und schön. Man bräuchte nicht zu

arbeiten, man bräuchte nie aufzuräumen und müßte niemanden zurückrufen. Zur Auswahl stehen dreitausend Fernsehprogramme, dreißigtausend verschiedene Gerichte beim Pizza-Blitz und dreihunderttausend Frauen im Bikini, die alle die Pille nehmen. Im Grunde wäre das nicht so wahnsinnig verlockend. Denn was man auch täte: es hätte keine Konsequenzen. Die Auswahl würde schnell zur Qual der Wahl, allein schon beim Essen. Langeweile, nach Ansicht eines berühmten Schriftstellers die schlimmste aller Qualen der Menschheit, wäre die Folge. Jeder Tag wäre gleich, solch ein Leben hätte keine Biographie. Das kann Freiheit nicht sein.

Wie sieht es in den Bergen aus, einer Umgebung, die dem Gegenteil dieser Ausgabe vom Paradies zum verwechseln ähnlich sieht? Keine Fernbedienung, kein Pizzablitz und normalerweise auch keine Frauen im Bikini. Unterwegs in einer großen Wand ist die Auswahl möglicher Entscheidungen denkbar klein: es gibt nur „richtig" oder „falsch". Das ganze unter Zeitdruck, und weit und breit gibt es niemanden, bei dem man sich über das schlechte Essen beschweren könnte. Die Durchsteigung einer großen Wand ist eine einzige Abfolge von Sachzwängen. Jeder Handgriff hat - und vor allem jeder falsche Handgriff hätte - Konsequenzen. Ohne Not begibt man sich in solche, reitet sich in schlimmste Schwierigkeiten und kommt mit Müh und Not davon, und das ganze freiwillig.

Genau das ist Freiheit! Die Freiheit liegt in der Entscheidung, die Freiheit für ein oder zwei Tage aufzugeben. In der Wand werden wir hart kämpfen müssen, um die Freiheit des normalen Lebens zurückzugewinnen: Ein Zeitdruck, als wäre man auf der Flucht, eine körperliche Erschöpfung, für die wir normalerweise keine Vergleiche finden, Momente der Angst, für die das gleiche gilt. Die Erleichterung kommt noch lange nicht am Gipfel,

sondern erst, wenn auch die schwierigen Teile des Abstiegs überstanden sind. Und dann die Erlösung, wenn wir wirklich flachen Boden betreten, wenn endlich die Gefahr vorüber, ganz sicher vorüber ist.
Die Freiheit als Entscheidung, sie aufzugeben - das mag etwas ätherisch klingen. Aber warten Sie ab, was Jack London zu dem Thema schrieb. Er kam auf den Gedanken, „...dass es auf der ganzen Welt nur eine Möglichkeit gibt, seine Freiheit zu gewinnen - nämlich, seinem Todestage vorzugreifen." Auf deutsch: Freitod. Jack London war Alkoholiker. Eine Freiheit im Grab ist witzlos. Ein toter Mann ist nicht frei, sondern - tot.
Wir gaben also die Freiheit auf, um sie wieder zu erringen: die Freiheit, mit der Fernbedienung zu spielen, die Freiheit, im Supermarkt zwischen vierzig Sorten Senf zu wählen, hm, nun ja, jedenfalls die gleichen tollen Möglichkeiten zu haben, die vorher auch schon da waren. Es ist eine Zen-Übung, ein Ritual, ein Kreislauf. Es ist so, als ob wir als Kind einen Fußball ins Maisfeld schießen und dann losrennen, um ihn zurückzuholen. Diese Freiheit setzt eine Entscheidung voraus. Eine wirkliche Entscheidung kann nur treffen, wer einen Willen hat: freiwillig steigen wir ein. Eine Entscheidung ohne freien Willen dagegen ist nur Reaktion oder Gewohnheit. Wir zelebrieren aber den freien Willen, indem wir etwas so Nutzloses tun, und feiern damit eine der großen Gaben, mit denen Gott uns beschenkt hat: den freien Willen. Unter diesem Aspekt sind wir Bergsteiger übrigens wirklich gesegnet: ein starker Wille ist etwas, das man den meisten von uns nachsagt.
Verhaltensforscher mögen sich nun streiten, ob es einen freien Willen wirklich gibt, aber das müssen wir als Hypothese einfach voraussetzen, um eine humane Gesellschaft schaffen oder wenigstens erhalten zu können: Wenn wir in unseren Entschei-

dungen nicht frei sind, was wären dann zum Beispiel Wahlen für eine lächerliche Farce.

(Ein kurzer Exkurs: Wenn wir die Skinheads, die wehrlose Menschen zu Tode prügeln, komplett mit einer schlimmen Kindheit entschuldigen, könnten wir auf der anderen Seite die nicht loben, die sich ihnen manchmal mutig entgegen stellen: die hatten wohl eine bessere Kindheit, also kann man die Zivilcourage von ihnen verlangen. Nur wenn die einen für ihre Taten verantwortlich sind, sind es auch die anderen.)

„Die Freiheit, aufzubrechen, wohin ich will", zitiert übrigens Messner Hölderlin in einem Buchtitel. Und Boningtons erstes Buch trug den famosen Titel „I chose to climb" - genau übersetzt: „Ich wählte das Klettern". Die Freiheit des Willens ist in beiden Titeln der Bergsteigerei als Voraussetzung vorangestellt. Wenn ich also glaube, dass wir da in den Bergen ein ganz großes Thema der Menschheit streifen, befinde ich mich in guter Gesellschaft. Lasst uns das Glas erheben und auf die Freiheit trinken! Prost! Ist nicht vielleicht ein Café in der Nähe?

Zurück zum Thema. Nur, wenn wir annehmen, voraussetzen, dass jeder Mensch im Grunde frei ist, können wir ihn als verantwortlich betrachten, und nur der, dem wir Verantwortung zugestehen, ist mündig. Und nur wer mündig ist, ist - frei. Ach je, Freiheit - da bist du ja wieder. Aber wer bist du? Hast du eigentlich nie Identitätsprobleme, so wie wir Menschen? Gib's zu: bist du nicht eigentlich auf der Flucht vor dir selbst? Lässt du dich deswegen so selten erkennen?

In den Wänden existiert noch eine andere Freiheit, nämlich die größte Freiheit, die es im Sport gibt: keine Seitenauslinie, keine Nachspielzeit, nein, überhaupt keine Regeln! Es gibt keine Startberechtigung, keine Funktionäre, keine Richter. Wir brauchen sie nicht, denn Alpinismus ist Anarchie: ein Leben ohne

Herrschaft. Jeder darf tun, was er will und wie er will. Jeder Mensch dieser Erde darf morgen eine neue Direttissima am Eiger versuchen, in welchem Stil auch immer es ihm beliebt. Trotzdem funktioniert - und harmoniert letztendlich - diese Welt, anders als die Liegewiese im Paradies, die nie und nimmer funktionieren würde. Wir schreien zwar auf, wenn uns etwas nicht passt, wir schlagen vielleicht ein paar Haken ab, aber das letzte, was wir alle wollen, sind wirklich feste Regeln.

Andi Orgler, dessen Meinungen über Bohrhaken und Sanierungen bekanntermaßen rigoros sind, hat es auf den Punkt gebracht: „Wenn das, was ich für richtig halte, zu offiziellem Gesetz wird, ziehe ich morgen los, das Gesetz zu brechen." Und auch auf diesen großartigen Ausspruch eines großartigen Mannes wollen wir das Glas erheben, denn das ist unser aller Konsens: Wir wollen das alleine regeln, wir wollen nichts und niemandem, dem wir gehorchen müssen außer den ungeschriebenen Regeln der Natur. Wir wollen frei bleiben. Bleibt uns vom Hals mit den Gesetzen! Und das ist auch das Erniedrigende an Fels- und Gebietssperrungen: plötzlich gibt es bürgerliche Gesetze, die sich erdreisten, unsere maßlose Freiheit einzuengen. Im Grunde haben wir das bis heute nicht akzeptiert, und ganz ehrlich: das sollten wir auch niemals tun.

Halten wir uns vor Augen, dass es in diesem Land Gesetze gibt, welches Buschwerk wie nah am Zaun zum Nachbarn wachsen darf. Erinnern wir uns, dass es keine einzige legale Möglichkeit mehr gibt, Geld gegen Arbeit einzuhandeln, ohne dass der Staat Abgaben kassiert. Bedenken wir, dass die Helmpflicht für Radfahrer immer wieder ernsthaft diskutiert wird. Bedenken wir, dass unsere Verwaltung krank ist wie Menschen mit Waschzwang: obwohl ihre Hände schon bluten, müssen sie sich waschen. Sie können nicht anders, weil sie einem inneren

Zwang unterliegen. Und unsere Verwaltung muss verwalten, verbieten und maßregeln: Alles, was sie in die Finger kriegt! In der anarchischen Welt der Vertikalen dagegen sind wir Gesetzlose mit dem snobistischen Privileg, Gesetze nicht erst brechen zu müssen - weil sie gar nicht existieren. Als gesellschaftliche Utopie hat Anarchie leider nie funktioniert. Wann und wo immer man versucht hat, sie wirklich umzusetzen, floss Blut. Und ein toter Mann, das hatten wir schon, der ist nicht frei, sondern nur tot. In den Bergen aber herrscht Anarchie. Keine Gesetze, oh himmlischer Zustand, oh himmlische - Freiheit.

Hallo Freiheit, da sind wir wieder. Wenn wir über die Berge nachdenken, kommen wir einfach immer wieder bei der Freiheit heraus, so als ob man sich an einer Baustelle verfährt und immer wieder an derselben Straßenecke vorbeikommt: jetzt sind wird schon wieder bei der Freiheit! Man sollte ein Café aufmachen für all die Leute, die beim Philosophieren dort vorbeikommen. Es wäre sicher gut besucht, das Café „Bei der Freiheit". Da könnten wir Jack London fragen, ob es wirklich Selbstmord war oder mit Che Guevara einen Cuba libre trinken. Wir könnten mit Robespierre überlegen, ob man mit einer Guillotine nicht lieber Zuckerrüben schneidet als Menschenhälse und eine Runde auf das Wohl von Mahatma Gandhi und Heinrich Heine ausgeben. Am besten, es stünde in Chamonix oder in einem netten Klettergebiet in Südfrankreich, das Café „Bei der Freiheit". Und nach einem ausgedehnten Frühstück würden wir aufstehen, den Rucksack nehmen und sagen: „Bis später, Jungs. Wir machen jetzt eine Übung zum Thema. Wir gehen klettern."

BERGE, 2001

Danke, Eiger
Co-Kommentator bei EIGER LIVE

Als Evelyne Binsack, Stephan Siegrist, Hansruedi Gertsch und Ralf Dujmovits den Gipfel erreichten, passierte etwas, womit Michael Wirbitzky und ich nicht gerechnet hatten: uns schossen die Tränen in die Augen. Wir blickten von den kleinen Monitoren in unserer Kabine auf und sahen hinüber zum real existierenden Gipfel des Eiger, auf dem die kleinen Punkte standen. Tatsächlich, jetzt waren sie oben. Ein schneller Seitenblick - tatsächlich, der Nachbar wischte auch gerade die Tränen weg. Wir spürten endlose Erleichterung, dass denen da oben nichts passiert war. Dazu viel, viel Freude. Und vielleicht schwamm in unseren Wassertropfen auch schon eine leise Vorahnung auf jene Traurigkeit mit, die erfüllte Träume hinterlassen.
Meine offizielle Aufgabe hatte darin bestanden, das Geschehen für den Laien verständlich zu machen. Da muss man objektiv sein. Mein innerer Auftrag aber war eindeutig korrupt. Ich musste Bergsteigen positiv darstellen, einen Teil meiner Dankesschuld an diesem Mehr-als-Sport abtragen. Auch wenn ich Familie habe, schreibe und kleinere Sachen drehe - im Grunde meines Herzens werde ich immer und immer Bergsteiger sein, obwohl meine wilden Zeiten in den Bergen lang vorbei sind. Und nie wieder würde real existierender Alpinismus so viele Zuschauer haben, nie wieder würde Alpinismus für so viele Zuschauer so real existieren. Im Vorfeld der Sendung fühlte ich mich oft im Spagat.
In den Besprechungen mit Gebhard Plangger und Regisseur Tom Lindner, bei den Moderationsvorbereitungen mit Evelin

König und Michael Wirbitzky war dies unangenehme Spagatgefühl meistens verschwunden. Die waren auch alle so merkwürdig begeistert. Wahrscheinlich lag es daran, dass Kurt Schaads Konzept der Langzeitreportagen einfach die Wahrheit vermitteln soll, und erregender als die Wahrheit ist bekanntlich nichts.

Die Wahrheit machte uns wiederum so frei, dass wir ohne jedes Zögern live über den Sender plauderten, wie „das Fernsehen" die Bergsteiger per Helikopter vom Gipfel abholen lassen wollte, aber die Hauptdarsteller sich durchsetzten und zu Fuß abstiegen. Wofür „wir vom Fernsehen" ihnen danken müssen. Ein Helikopterflug vom Gipfel weg wäre ein fatales Schlussbild gewesen.

Vorher war ich mit drei von den Vieren Klettern oder Mountainbiken gegangen, um besser über sie erzählen zu können. Am Abend vor dem Einstieg hatte ich Ralf Dujmovits und Stephan Siegrist telefonisch Glück gewünscht. Wir hatten uns angefreundet. Wäre etwas zu kritisieren gewesen, das Tempo, Fragen der Sicherung oder ähnliches, ich hätte das Gefühl gehabt, ihnen in den Rücken zu fallen. Der Spagat war an unvermuteter Stelle wieder aufgetaucht. Und löste sich wieder in Wohlgefallen auf, da es nix zu kritisieren gab. Dafür waren die Vier viel zu gut unterwegs.

Ein einziges Detail habe ich dann aus Solidarität mit den Bergsteigern verschwiegen. In der Vorwoche wurden die Kamerapositionen in der Wand installiert, und Stephan Siegrist und Hansruedi Gertsch ließen sich von einem der im Einsatz befindlichen Helikopter in der Spinne absetzen. Von dort kletterten sie die Ausstiegsrisse bis zum Gipfel. Die Ausstiegsrisse sind insofern eine der Schlüsselpassagen, als hier, wenn zum Ende hin die Erschöpfung zunimmt, noch Anstrengendes kommt.

Das ganze Team war begeistert, denn jetzt war wenigstens eine Unbekannte von so vielen gelöst. Um die Leistung der Live-Durchsteigung nicht zu schmälern, habe ich dies Detail während der Sendung verschwiegen. Jetzt sei es verraten, und wenn es jemand schlimm findet - bitte.
Beim Abschlussempfang gab es für die wichtigsten Mitwirkenden Geschenke und Applaus. Am Ende wurde Anderl Heckmaier, der noch immer! real! existierende! Held von damals, nach vorn gebeten. Hundertfünfzig in der Mehrheit gutverdienende Fernsehleute erhoben sich von ihren Sitzen und gaben einem Mann stehende Ovationen, der damals zehn Jahre ohne festen Wohnsitz war. Für mich der schönste Augenblick. Und keine Kamera hielt ihn fest.
Beim Eiger müssen wir uns übrigens auch bedanken. Hätte der Berg nicht gewollt, es wäre nicht gegangen. Also: Danke, Eiger! Und was wird jetzt aus ihm? Seht ihn euch an, den alten Haudegen von einem Berg. Hat sich ja überhaupt nicht verändert! Auf den Bändern liegt genau so viel Schotter wie vorher, der Schwierige Riss ist um keinen Deut leichter oder schwieriger. Wer in die Eigerwand einsteigt, wird wie viele vor ihm einsam und erschöpft an den Ständen stehen, den Blick nach Grindelwald genießen, den Schokoriegel im Rucksack suchen und hoffen, dass weiter oben gute Verhältnisse herrschen. Wird dicke Waden bekommen, wenn er im zweiten Eisfeld auf Blankeis trifft, die Schultern werden schmerzen, wenn der Rucksack schwer ist. Er wird mit seinem Seilpartner am Stand ein paar Worte wechseln, und dann geht einer von ihnen weiter, genau wie das Bergsteigen weitergeht. Ein leichter Wind wird wehen, wenn es abends kühler wird. Im Biwak wird der Kocher schnurren, und unten in Grindelwald gehen die Lichter der Kleinstadt an.

An den zwei Tagen nach der Sendung, am 11. und 12. September 1999, sind wieder Seilschaften in die Heckmaier-Führe eingestiegen. Die am ersten Tag waren angeblich Spanier.

Buchbeitrag für „EIGER LIVE – Das 33 Stunden TV-Abenteuer"
SWR, SF DRS & Konkordia-Verlag, 1999

Der große Hobbit
Anderl Heckmair wird 95

Als Anderl Heckmair 1938 in die Eigernordwand einstieg, lebte er seit Jahren ohne festen Wohnsitz: ein Bergvagabund, ein Kletterfreak, ein Climbing-Bum, der wenig mehr besaß als er mit Fahrrad und Anhänger transportieren konnte. And the rest is, wie man so sagt, history. Als er mit seinen Kameraden Vörg, Harrer und Kasparek vom Eiger wiederkam, waren sie auf einen Schlag berühmt. Die Mordwand hatte junge Männer gereizt, gelockt und viele von ihnen getötet, gleich einer Loreley, der Steine vom Haupt fallen statt langes blondes Haar. Die verdammte Wand war wie ein Fluch, und diese vier nun, Heckmair voran, hatten ihren Bann gebrochen. Seine Erfahrung, seine Übersicht, sein Können gaben den Ausschlag. Wenn irgendwo in der Welt von der Eigernordwand die Rede ist, der berühmtesten Klettertour der Welt, dann ist meist die Heckmair-Führe gemeint. Er war der Siegfried dieser real existierenden Heldensage, aber kein blonder Hüne mit ebenmäßigem Antlitz, eher ein zierlicher, ein zäher mit einer ordentlichen Charakternase. Weil nun die Okkupation Österreichs ans Deutsche Reich erst kurz zurücklag, gab der Zusammenschluss der deutschen und der österreichischen Seilschaft in der Eigerwand leider Gottes die ideale PR-Vorlage. Hitler lud die vier an seinen Hof. Sie ließen es sich gefallen, auch Heckmair. Politik interessierte ihn nun einmal nicht die Bohne. Später äußerte er einmal staubtrocken, er hätte die Lobhudeleien auch nicht ganz verstanden, schließlich sei Hitler doch eher „unsportlich" gewesen. Als ihm während einer Hitler-Rede dann doch schlagartig klar wurde, dass Hitler den Krieg unbedingt wollte und geradewegs draufzusteuerte, stand er auf vom Tisch des Diktators, verließ den Saal und kehrte nicht zurück. Nach dem Krieg engagierte einer der reichsten Männer der Welt den Helden der Eigernordwand als Bergführer: Otto-Ernst Flick. Für die ausgedehnten Expeditionsreisen, die Heckmair für ihn organisierte, war das viele Geld praktisch; Eindruck machte es auf den in einem Münchner Waisenhaus Aufgewachsenen nicht.

Für das Jugendherbergswerk unternahm er Ausbildungen für Jugendliche, „outdoor-Training" hieße das heute. Das machte er so gut, dass das neue, das demokratische, das gute Deutschland ihm dafür das Bundesverdienstkreuz verlieh. Andere Nonkonformisten wie die englische Berglegende Doug Scott lehnten Orden mit großer Geste ab. Oder sie erklären hinterher ausführlich, wie wenig ihnen das Stück Blech bedeute. Heckmair nahm die Auszeichnung an und vergaß sie in seiner Autobiographie. Wenn man ihn auf den Orden anspricht, holt er ihn stolz aus der Schublade. Ansonsten hat er ihn vergessen. Als Ausdruck der Meinung anderer wird er ihm halt doch vollkommen wurst gewesen sein, genau wie ihm auch sonst ihm regelmäßig wurst war, was die anderen dachten.

Die Art und Weise, in der die Verlockungen von Macht, Geld und Ehre an ihm abprallten, hätte ihn für die Rolle des Ringträgers in Tolkiens „Der Herr der Ringe" qualifiziert. In der Sagenwelt dieses berühmten Phantasy-Romans muss jemand einen magischen Ring an einen sicheren Ort bringen. Auf keinen Fall darf er in falsche Hände fallen, aber jeder will ihn haben. Und auch wenn die Guten ihn erwischen, werden sie am Ende zu Bösen: denn der Ring bedeutet MACHT, und Macht verdirbt nun mal. Ausgerechnet ein Zwerg aus der Gattung der Hobbits wird mit der Aufgabe betraut: weil sein Charakter den

Versuchungen der verdammten MACHT widerstehen wird. Denn der kleine Hobbit ist zufrieden, uneitel und ganz groß darin, nicht selbst der Größte sein zu wollen. Hätte man im Deutschland des letzten Jahrhunderts wie im „Herrn der Ringe" jemanden gesucht, der den Ring der Macht an einen sicheren Ort bringt, ohne von ihm versucht zu werden, vielleicht damals, '33, kurz vor Hitlers Machtergreifung: Heckmair wäre ein geeigneter Kandidat gewesen. Vielleicht taugt nur zum ehrlichen Helden, wer keiner sein will.

Im Grunde ist der kleine Junge aus einem Münchner Waisenhaus weit mehr als ein großer Bergsteiger, nämlich ein großer Deutscher: ein Mensch, auf den ein Land stolz sein darf. Wobei fraglich ist, ob ihm Bezeichnungen wie „großer Deutscher" etwas bedeuten würden.

Bemerkenswert war dann noch 1947 das Glückwunschtelegramm an Lachenal und Terray, die französischen Zweitbegeher der Heckmair-Führe am Eiger. Die deutschnationale Propaganda um die Eigerwand hatte ihm, dem so Unpolitischen, so sehr gestunken, dass es ihn nun mit Genuggtuung erfüllte: zweien aus dem Land des „Erbfeindes" war nun also die Wiederholung gelungen! Großartig fand er das. Auf das Telegramm antworten die beiden Franzosen mit einer Einladung nach Chamonix, und als Heckmair in den hungrigen Jahren nicht gleich kommen konnte, schickten sie Fresspakete. Das ist auch eine Form von Politik: die Politik der Unpolitischen. Großer Deutscher, große Franzosen? Große Europäer alle miteinander.

Was noch? Den Verband Deutscher Berg- und Skiführer hat er gegründet, zwei Söhne gezeugt, zweimal geheiratet. Im Alter die berühmt gewordenen Heckmairschen Blumentouren, bei denen ihm seine erste Ausbildung als Gärtner zugute kam. Spektakuläre Erstbegehungen wie am Eiger hat er nicht mehr unternommen. Lieber gab er anderen Tips, wo noch Erstbegehungen möglich waren. Hinterher fragte er, ob die Tour denn schön sei, und wenn ja, hat er sie wiederholt. Wenn nicht, hat er sich gefreut, sich die Mühsal der Erstbegehung erspart zu haben. Denn: „Das einzige, worauf es beim Bergsteigen ankommt, ist das Erlebnis". Diesen Satz können wir uns übrigens alle hinter Ohren schreiben.

In den letzten Jahren hat ihn, den legendär Rüstigen, noch mit neunzig weder auf Schnaps noch auf Zigarre Verzichtenden, das Alter eingeholt. Als mitreißender Erzähler und Vortragsredner bekannt, hat er sich aus der Öffentlichkeit weitgehend zurückgezogen. Hinaus geht er immer noch. Früher hat er stets geführt, heute führt ihn dabei seine zweite Frau Trudi. Er lässt es sich gern gefallen - liebend gern.

Zum fünfundneunzigsten Geburtstag am 12. Oktober gratulieren wir herzlich.

DAV-Panorama, 2001

Dünne Luft, keine Beweise
Tomo Cesen verwirrt die Fachwelt: Genie oder Hochstapler?

Er hat diesen Blick des jungen Charles Bronson und war innerhalb der Bergsteigerszene vielleicht der umjubeltste Kletterer aller Zeiten. Der heute dreiunddreißigjährige Solobergsteiger Tomo Cesen aus Slowenien reihte Ende der achtziger Jahre so unerbittlich extremste Alleinbegehungen aneinander, als sei sein Leben ein einziger vertikaler Rachefeldzug. Im Februar 1987 hatte der französische Profibergsteiger Christofe Profit im Alleingang die „Drei großen Nordwände" von Eiger, Matterhorn und Grandes Jorasses innerhalb von vierzig Stunden durchstiegen, indem er sich von kamerabestückten Hubschraubern von Berg zu Berg fliegen ließ. Doch bereits im vorhergehenden Winter war Cesen dagewesen: die gleichen Wände solo und hintereinander weg, nur zu Fuß und mit dem Auto. Nicht nur, dass er sich von niemandem filmen ließ - er hielt es auch nicht für nötig, außer einigen Landsleuten überhaupt jemanden darüber zu informieren.

Auf die erste Wiederholung der berüchtigten Route „No Siesta" im Montblancgebiet ließ Cesen 1989 die erste Durchsteigung der Nordwand des Jannu (7710m, Nepal) folgen. Das angesehene „Mountain Magazine" urteilte trocken: „Die wahrscheinlich kühnste Unternehmung aller Zeiten im Himalaja." Messner verlieh Cesen den „Silbernen Schneelöwen", einen von ihm selbst gestifteten Geldpreis für kreativen und ökologisch sauberen Alpinismus. Die zu trauriger Berühmtheit gelangten Müllberge am Mount Everest sind Hinterlassenschaften des klassischen Expeditionsstils, der mit Fixseilen und Zwischenlagern arbeitet;

wenn stattdessen zu zweit oder solo geklettert wird, bleibt weniger oder überhaupt kein Müll zurück: je sportlicher der Stil, desto sauberer.

Dann nahm Cesen sich das größte noch bestehende „Problem" im Himalaja vor: die über 3000 Meter hohe Südwand des Everest-Nachbargipfels Lhotse (8516m). Zum Vergleich: die Wandhöhe der berühmten Eigernordwand beträgt mit 1600 Metern nur etwa die Hälfte. Fast alles, was im Höhenbergsteigen Rang und Namen hatte, war an der Lhotse-Südwand gescheitert, insgesamt rund ein Dutzend Expeditionen. Der Pole Kukuczca, der nach Messner als Zweiter sämtliche vierzehn Achttausender bestiegen hatte, jedoch schneller, über schwierigere Routen und zwei von ihnen sogar im Winter - er stürzte kurz vor dem Gipfel tödlich ab. Der Franzose Profit, einst Protagonist des Helikopter-Alpinismus, blitzte ebenso ab wie eine von Messner geführte „All-Stars-Expedition". Nach dem Scheitern seiner Expedition erklärte Messner die Wand zum Problem des Jahres 2000. Vorher würde das niemand schaffen. Sechs Monate später, im April 1990, kam Cesen, stieg ein und siegte. Zweiundsechzig Stunden brauchte er im Auf- und Abstieg, bewältigte - gemessen an der Meereshöhe - schwierigste Felspassagen und überlistete mit geschicktem Timing die zu bestimmten Tageszeiten durch den unteren Wandteil donnernden Lawinen.

Ein Vergleich mit dem sensationellen Wimbledonsieg des seinerzeit siebzehnjährigen Boris B. ist keine Übertreibung. Auch Messner schrieb, was alle wussten: "Tomo Cesen (ist) der zur Zeit beste Bergsteiger der Welt,... ein bergsterisches Genie... (Er hat)... Bergsteigen weiterentwickelt auf eine neue, nie dagewesene Ebene." Die herablassende Art, mit der er andererseits dem Slowenen bescheinigte, „seine verbalen Aussagen (seien) kein Beitrag für die geistige Auseinandersetzung Mensch - Berg" ist bezeichnend für Messners Selbstverständnis, das ihm in der aktiven Szene stets die Sympathien verwehrt hat.

Bei seiner Rückkehr aus Nepal hatte Cesen vor slowenischen Journalisten eingeräumt, keine beweiskräftigen Fotos vom Lhotse zu besitzen. Im Westen präsentierte er einige Aufnahmen aus der Wand und - entscheidend - ein Foto vom Gipfel. 1993 meldete sich sein Landsmann Groselj, selbst ein erfolgreicher „Sammler" von Achttausendergipfeln, und erklärte, er habe soeben in einer Ausgabe des französischen Klettermagazins VERTICAL von 1990 ein Bild entdeckt, das er, Groselj, 1989 auf 8350 Meter Höhe in der Westwand des Lhotse aufgenommen hatte: Cesens „Gipfelfoto". Die Behauptung, erst jetzt dies so wichtige, auch in anderen wichtigen alpinen Blättern abgebildete Foto gesehen und als das eigene erkannt zu haben, ist freilich nicht sehr glaubwürdig. Auch ein zweites Foto erkannte Groselj als das eigene wieder, 1981 bei einem erfolglosen Versuch in der Südwand aufgenommen. Cesen habe sich die Aufnahmen nach seiner Rückkehr aus Nepal von ihm zur Vorlage bei seinen Sponsoren geliehen und die Originale wenige Tage später zurückgegeben. Cesen seinerseits gab VERTICAL und der Sprachbarriere die Schuld. Er selbst habe die jeweiligen Bilder klar gekennzeichnet und nie behauptet, Groseljs Fotos stammten von ihm. VERTICAL widersprach: von fremden Aufnahmen sei nie die Rede gewesen. Auf die Bitte, wegen der Druckqualität statt Duplikaten die Originaldias zur Verfügung zu stellen, gab Cesen seinerzeit die Auskunft, die Originaldias seien ihm während einer Pressekonferenz in Italien gestohlen worden. Groselj seinerseits sagt, Cesen habe ihm gegenüber zugegeben, den Irrtum absichtlich nicht aufgeklärt zu haben.

Während die fadenscheinige Geschichte mit den Fotos noch als

Notlüge durchgehen konnte, erinnerte man sich plötzlich wieder an die zahlreichen Ungereimtheiten der Besteigung: Die nur zehntägige Akklimatisationszeit im Basislager konnte unter normalen Umständen kaum genügen. Er hätte über den leichteren Normalweg absteigen können und er hätte in den letzten Felspassagen einen Haken oder einen anderen Beweis zurücklassen können. Und „das Gesicht auf den Bildern nach der Besteigung (wirkte) so frisch... wie vorher" (Messner). Mit drei Litern Kaffee in mitgeführten Trinkflaschen und ohne zusätzlichen Kocher - zum Schneeschmelzen für die Gewinnung von Flüssigkeit - will Cesen zweiundsechzig Stunden unter höchsten körperlichen Belastungen am vierthöchsten Berg der Welt verbracht haben. Doch die Luft in diesen Höhen ist extrem trocken; um die lebenswichtige Befeuchtung der Atemwege aufrechtzuerhalten, verliert der Mensch in großer Höhe täglich mehrere Liter Flüssigkeit allein durch Abatmung. Und ausgerechnet Kaffee wirkt dehydrierend, d.h. es verstärkt die Ausscheidung von Flüssigkeit. Französische Kletterer meldeten sich, die Cesen nach seiner Begehung von „No Siesta" gesehen haben wollen - ohne einen Kratzer an den sonst nach solchen Routen übel geschundenen Händen. Nach einer Expedition zum Broad Peak (8046m, Pakistan) hatte Cesen im Jahre 1986 am nahegelegenen, berüchtigten K2 (8611m) heimlich bei Nacht (!) eine neue Route begangen, weil er für diesen Gipfel kein permit besaß. Kurz vor dem Gipfel war er wegen aufziehenden Schlechtwetters umgekehrt und über den Normalweg abgestiegen. Gesehen hatte ihn niemand. Britische Bergsteiger, die sich zu dieser Zeit im K2-Basislager befanden, schwören Stein und Bein, dass Cesen das Basislager nie betreten hat.
Während alle Indizien gegen ihn sprechen und der Einzelgänger Cesen seit Monaten beharrlich schweigt, ist das einzige, was

ihn noch stützt, erstaunlicherweise der Eindruck außerordentlicher Glaubwürdigkeit, den er bei allen Seil- und Gesprächspartnern hinterlassen hat. Die Geschichte mit den Fotos kann niemand, dass er alles erfunden hat, will niemand glauben. Ein ehemaliger Seilpartner, obwohl aus persönlichen Motiven schlecht auf Cesen zu sprechen, erklärte, dessen Touren an Jannu und Lhotse hätten ihn nicht überrascht: „Ich wusste, daß er das konnte."

Zu seinen möglichen Spuren in der Wand wie zum Beispiel Abseilhaken hat der mürrische Cesen sich nie geäußert, doch auch sie können im Lauf der Jahre von Steinschlag oder Lawinen getilgt werden. Niemand außer Cesen selbst kann die Frage seiner Begehung beantworten, sei es in Form eines Geständnisses, sei es in Form eines überraschenden späten Beweises oder auch nur einer wirklich detaillierten Routenbeschreibung.

Öffentliche Zweifel an seinen möglicherweise allzu phantastischen Leistungen hatte es schon vor dem Lhotse gegeben. Doch gerade führende Alpinisten, deren überlegener Konkurrent Cesen ihnen weiter und weiter enteilte, legten für ihn die Hand ins Feuer. Nie hatte Cesen die Öffentlichkeit gesucht, die Zusammenarbeit mit Sponsoren war ihm ein notwendiges Übel: „Es ist mir klar, dass ich mich als Profi verkaufen muss... Wenn ich eine Millionärin geheiratet hätte, würde ich für all das keinen Finger rühren. Ich brauche keine Veröffentlichungen, keine Publicity, ich brauche gar nichts!" Auf das sicherlich lukrative Angebot einer Hubschrauberbegleitung in den Alpen hatte er verzichtet. Sein Stil, eine nie erreichte Kombination aus Selbstbewusstsein, mürrischer Verschwiegenheit und spektakulären Erfolgen, füllte ein Vakuum im Herzen des alpinen Publikums. Für seine Landsleute, unter denen es auffallend viele erstklassige Alpinisten gibt, und sich reklamierte Cesen eine andere Einstellung zum Berg: „Im Westen klettern die meisten Leute zum Spaß, unter der Woche die Arbeit, am Sonntag eine kleine Tour. Das gibt es bei uns nicht. Hier gibt es nur alles oder nichts." Hier war nichts von Messners manischem Outen der intimsten seelischen Schwingungen. Über den Lhotse-Gipfel schrieb Cesen: „Empfindungen? Keine, außer vielleicht der Befriedigung sich nicht mehr weiterquälen zu müssen."

Bergsteigen ist mittlerweile ein Symbol für die mehr oder minder selbstlose Eroberung des Nutzlosen, Symbol für Abenteuer als vollkommenen Selbstzweck. Kein Bergsteiger, der etwas auf sich hält, lässt sich heute noch mit der Flagge seines Vaterlands auf dem Gipfel fotografieren. Aber wo war bei dem publicitysüchtigen Messner, der über zehn Jahre nach seinen eigentlichen Highlights noch immer alles Licht in jener Ecke des Medienhimmels absorbiert wie einer der mysteriösen dark stars, der Selbstzweck geblieben?

Die einsame Eroberung des Nutzlosen einer Lhotse-Südwand im Alleingang ist schwierig, riskant und bringt wenig persönlichen Vorteil – das hat durchaus etwas Heroisches. Endgültiger als alle anderen hatte Cesen den lästig-nostalgischen Bergheldenmythos á la Trenker beerdigt, indem er ihn in zeitgemäßer Form neu schuf. Die Bergsteiger glaubten ihm, weil sie ihm glauben wollten: Cesen war ein zeitgemäßer Held.

Aus unerfindlichen Gründen gelten Bergsteiger als besonders ehrliche Menschen. Wer bei einer Zollkontrolle ein Kletterseil im Kofferraum liegen hat, kann diesen in aller Regel sofort wieder schließen: „Ach so, Sie sind Bergsteiger!" Im Bezug auf die oft ohne Zeugen vollbrachten sportlichen Leistungen musste das Wort allein notgedrungen häufig genügen und war – und ist – auch in der Tat meistens zuverlässig. Nach dem Fall Cesen jedoch wird bei Höchstleistungen das Wort des Bergsteigers weniger wert sein.

Seit der umstrittenen Erstbesteigung des Cerro Torre in Patagonien vor über zwanzig Jahren war Cesens Lhotse-Besteigung die erste alpinistische Großtat, die auf ernsthafte und hartnäckige Zweifel stieß. In diesen zwanzig Jahren hat sich der Alpinismus enorm verändert. Die Leistungsexplosion der letzten zwei Jahrzehnte ist beinahe mit jener in der Mikroelektronik zu vergleichen. Die Zahl der Aktiven hat sich mindestens verfünffacht, nimmt man die vom klassischen "Nordwandalpinismus" völlig abgekoppelte Freikletterwelle mit hinzu, wahrscheinlich verzehnfacht. Der Zustand einer verschworenen Minderheitengemeinschaft ist Vergangenheit. In beiden Lagern gibt es einige Profis, die - wenn auch meist ziemlich mager - von Werbegeldern leben. Der schale Geruch des Geldes hat sich in die klare Gebirgsluft gemischt.

Auf die Meldung eines unbekannten Kletterers, er habe als Erster die im Fränkischen Jura gelegene „Action Directe" wiederholt, die zur Zeit als der Welt allerschwerste Freikletterei gilt, reagierte das deutsche Klettermagazin „rotpunkt" ungewohnt vorsichtig. Nächsten Frühling wolle man sich mit demjenigen an der Tour treffen und ihm ein wenig zuschauen. Vorher gibt's keine Schlagzeile. Und damit auch keinen Sponsor.

DIE ZEIT, 1994

Alpinismus seit dem zweiten Weltkrieg
Eine Bilanz

Kurz vor Kriegsende: in den Trümmern seines zerbombten Hauses gräbt der österreichische Kletterer Ernst Schmid zwei Tage lang nach seinen Bergstiefeln. Als er sie findet, steigt er mit dem geliebten Schuhwerk in seine geliebten Berge. So ähnlich sind die Alpen für viele für uns: Erholung, Auslauf, Zuflucht. Egal was sonst passiert, die Alpen sind immer da - eine andere, eine schöne, steile Welt.

Mit dem vorläufig letzten großen Angriffskrieg auf europäischem Boden neigt sich auch in den Bergen der Gedanke offensiven Eroberns und Niederringens dem Ende zu. Auch wenn man gelegentlich von noch „Siegen" und „Angriffen" schreibt - die martialische Phase ist vorüber. Die Gipfel sind lang schon alle erreicht, auch die letzten Drei Großen Probleme sind geklettert, die Nordwände von Matterhorn, Grandes Jorasses und Eiger. Und fürs Bergsteigen zählen wie eh und je - und heute! - „im Grund nur die eigene Freude und die Erinnerung, die Freundschaft", schreibt Anderl Heckmair, einer der Erstbegeher der Eigernordwand.
Für die Öffentlichkeit hatte Bergsteigen allerdings immer viel mehr „Hurra" und „Tätärä" als für die Aktiven. Den unvergessenen Tiefpunkt bildete jene PR-Kampagne, die die Nazis um die deutsch-österreichische Erstdurchsteigung der Eigernordwand veranstalteten, weil ihnen der Zeitpunkt zum „Anschluss" Österreichs so gelegen kam.
Die erste Wiederholung der Eigerwand gelingt 1947 den Fran-

zosen Louis Lachenal und Lionel Terray. Anderl Heckmair ist der Nationalismus, für den man ihn und seine Kameraden eingespannt hat, so zuwider, dass er tiefe Genugtuung empfindet, dass es nun zwei Franzosen sind, denen es gelungen ist. Auf sein Glückwunschtelegramm antworten Terray und Lachenal mit einer Einladung nach Chamonix ins Montblancgebiet, und als er in den hungrigen Zeiten nicht kommen kann, senden sie fast wöchentlich Fresspakete. „Wo blieb da die deutsch-französische Erbfeindschaft, die uns jahrelang eingeredet wurde?".

Was ist die Geschichte der Menschheit? Eine Summe von Einzelschicksalen. Diese Brief- und Paketfreundschaft zwischen Oberstdorf und Chamonix ist der erste Brückenschlag zur „Internationalen Seilschaft", dem großen Gedanken des Nachkriegsalpinismus. Formuliert hat die Botschaft der Italiener Guido Tonella bereits 1946: „Bergsteigen steht über den Nationen. Bergsteiger sind Brüder. Sie alle bilden eine Seilschaft!" 1952, wieder am Eiger, ist es soweit. Neun Bergsteiger aus Frankreich, Deutschland und Österreich begegnen einander in der Wand und geraten in ein furchtbares Unwetter. Gaston Rebuffat, einer der Franzosen, schreibt: „Schnee kriecht in die Ärmel und in den Hals, die Finger sind steif, die Füße frieren, die durchnässte Kleidung wird zu einem krachenden Panzer. Ich fühle, dass es meinen Kameraden ebenso geht, sie haben das gleiche Unbehagen wie ich. Auch bei den Deutschen und Österreichern ist es so. Es ist eben bei allen Menschen dasselbe."

Und weil sie alle dasselbe - überleben - wollen, schließen sie sich so selbstverständlich zusammen, wie es alle anderen, Nationalisten und andere Dummköpfe ausgenommen, auch tun würden. Nach dieser Durchsteigung spricht man euphorisch von der „europäischen Seilschaft", und die Idee von Europa ist ohnehin nicht mehr aufzuhalten. Fünf Jahre später werden die Römischen Verträge über die europäische Wirtschaftsgemeinschaft EWG unterzeichnet.

1952 am Eiger ist einer der ganz Großen dabei: Hermann Buhl aus Tirol. Bei extremer Vereisung führt er die anderen über einige der schwierigsten Passagen hinauf. Am letzten Wandtag verausgabt er sich bis zu einem Anfall von Bewußtlosigkeit. Sein Wille ist außergewöhnlich, der Geldmangel der Nachkriegszeit für ihn kein Hindernis. Von Innsbruck in die Schweiz zur ersten Alleinbegehung der Nordostwand des Piz Badile fährt er mit dem Fahrrad, zum Eiger reist er „mit nur fünf Schweizer Franken in der Tasche." 1953 gelingt ihm im Alleingang die Erstbesteigung des 8125 Meter hohen Nanga Parbat. Im Abstieg übersteht er ein offenes Biwak auf knapp 8000 Metern, eine Tat, die ihm einen Platz in den Geschichtsbücher sichert. Allein das zu denken hätte damals außer ihm wohl keiner gewagt: allein auf so einen Gipfel. Von vierzehn Achttausendern waren gerade zwei bestiegen. Leider ist es Buhl nicht vergönnt, die Spanne seiner Möglichkeiten wirklich auszuschöpfen: vier Jahre später, wieder im Himalaja, stürzt er in den Tod.

Gaston Rebuffat, dem er am Eiger begegnet, stammt aus der Nähe von Marseille und ist - obwohl Auswärtiger - imstande, sich als Bergführer im Tal von Chamonix durchzusetzen. Er wird einer wichtigsten Vertreter des französischen Alpinismus seiner Zeit, vor allem: sein Sprecher. Der nutzlose und gefährliche Aspekt von großem Alpinismus hat auch heute noch etwas Heroisches. Nach Zeiten, in denen nationales Gedankengut nationale Helden forderte, gibt es gerade im deutschsprachigen Raum bis heute Berührungsängste.

Die heroischen Aspekte von Alpinismus deutet Rebuffat um in Poesie, Askese und Ritterlichkeit. Manches in seinen Büchern wie „Sterne und Stürme" erinnert an Saint-Exupery und beeinflusst nachhaltig die Wahrnehmung von Berg und Bergsteigerei. Über den Eiger schreibt er weiter: „Der Leib ist unzufrieden... Aber allmählich passt sich der Mensch an, das ist sein Handwerk. Zuschauer in einer fremden Welt, macht er sich diese Welt nach und nach zu eigen. Und hier, vor dieser Fülle von Hindernissen, die aus dem Zusammenwirken von Hochgebirge und entfesselten Elementen erwachsen, fühlt er in sich Kraft aufquellen, ein inneres Gleichgewicht und Brüderlichkeit."

Nach der unmittelbaren Nachkriegsphase ist es dem Italiener Walter Bonatti vergönnt, sowohl der bedeutendste Bergsteiger seiner Zeit als auch alt zu werden. Darüber gibt es ein Sprichwort, und oh, wie ist es wahr: „Die Kunst ist nicht, ein guter Bergsteiger zu werden - die Kunst ist, ein alter Bergsteiger zu werden." Bonatti soll es gelingen, Heckmair und Rebuffat übrigens auch. Was zeichnet ihn aus? Er ist der Stärkste, der Kühnste und vor allem der Visionärste. Bevor man neue Wege beschreitet, muss man sie sehen, sich vorstellen können. Bonatti ist dazu fähig. Er „entdeckt" Berge und verleiht ihnen durch seine Touren Bedeutung. Grand Capuccin und Grand Pilier d'Angle, zwei Gipfel im Herzen des Montblancgebiets, rücken erst durch Bonatti-Routen ins Blickfeld der Bergsteiger.

Zweimal versucht er große neue Touren mit Partnern und scheitert. Allein kehrt er zurück und vollbringt es. „Der Starke ist am mächtigsten allein", noch ein Sprichwort, das auf ihn zutrifft. Am 17. August 1955 seilt er sich allein durch ein steinschlaggefährdetes Couloir ab zum Einstieg des Südwestpfeilers an der Drus (Montblancgebiet). Später räumt er ein: „Ich beneide alle Menschen, die nicht wie ich eine solche Aufgabe bewältigen müssen, um wieder zu sich selbst zu finden."

Als er nach mehreren Tagen in der Wand nicht mehr weiter-

kommt, greift er zu einem gewagten, wohl noch nie dagewesenen Hilfsmittel und wirft ein Lasso über eine unpassierbare Passage: „Ich ziehe... jetzt hält es. Jetzt also heißt es nur noch sein Glück versuchen. Ein letztes beklommenes Zögern, ein letztes Stoßgebet - und in dem Augenblick, in dem mich ein unwiderstehliches Zittern ergreift, noch ehe mich Mut und Kräfte verlassen können, schließe ich für eine Sekunde die Augen...."
Nach sechs einsamen Tagen erreicht er den Gipfel und hat eine der großartigsten und schönsten Routen vollendet, die je in den Alpen gefunden wurden. „Dieser Anstieg verlieh Bonatti ein einzigartige Position in der Welt des Alpinismus."
1961 trifft er auf der Biwakschachtel am Col de la Fourche, Montblancgebiet, mit zwei Gefährten auf vier Franzosen, die dasselbe Ziel haben: die erste Besteigung des Fréneypfeilers an der Südseite des Montblanc-Hauptgipfels. Ganz Kavalier und Ritter, bietet Bonatti den Franzosen an, zurückzustehen und zu verzichten. Die Franzosen, in Stilfragen immer mindestens ebenbürtig, bestehen darauf, sich zusammenzutun. Viele Menschen, die sich gegenseitig bremsen und behindern, sind in einer langen Tour jedoch nie ein gutes Vorzeichen, und ein ungewöhnlich heftiges und langandauerndes Schlechtwetter hält sie tagelang hoch oben am Pfeiler gefangen. Dann bietet Wetterberuhigung die Chance zum Rückzug. Doch von sieben Mann sterben vier an Erschöpfung. Bonatti führt, spurt durch hüfttiefen Schnee, findet den Weg zur Hütte, die die letzten rettet. Im Dienst von Schlagzeilen, nicht der Wahrheit, geben Zeitungen Bonatti die Schuld, ihm - ohne den vielleicht keiner überlebt hätte. Und wieder ist es die Darstellung der Medien, die den ganzen Salat anrichtet. Das kann allerdings auch deswegen leicht passieren, weil naturgemäß nie jemand zuschaut beim Bergsteigen. Deswegen gibt es nur wenige, die wissen, wo

bei diesem Sport die Eckfahne steht und wie der Ball überhaupt aussieht.

Der Fréneypfeiler gelingt übrigens noch im selben Sommer einem Team aus Franzosen, Briten und Polen. Die internationale Seilschaft ist längst Normalität.

1965 befreit Bonatti sich von dem Trauma am Fréneypfeiler, indem er zum hundertsten Jubiläum der Erstbesteigung des Matterhorns allein auf einer neuen Route durch die Nordwand klettert. Auch hier hat er es mit Partnern versucht und vollendet allein. Während des Alleingangs steigen drei Bergführer über den Normalweg auf, um zu seiner Ehre das Kreuz wieder aufzurichten, das Winterstürme zu Boden gedrückt haben. So gewaltig ist der Ruf Bonattis unter Bergsteigern.

Am 22. Februar erreicht er den Gipfel: „Benommen breite ich die Arme aus, umfasse das eiserne Skelett des Kreuzes und drücke es an meine Brust. Dann geben meine Knie nach, und ich kann die Tränen nicht zurückhalten." Er sagt dem Alpinismus adieu und erhält vom Präsidenten Italiens - wie der heißt, haben heute alle vergessen - die Goldmedaille für Zivilverdienste. Sein Unternehmen hat „die ergriffene Bewunderung der ganzen Welt hervorgerufen ... und (ist) der Stolz des Vaterlandes." Mittlerweile hat ihm Frankreich für seine Rettungstat am Fréneypfeiler das Kreuz der Ehrenlegion verliehen, höchste Auszeichnung der Grande Nation. Apropos Orden: Anderl Heckmair wurde auch vom demokratischen Deutschland geehrt - mit dem Bundesverdienstkreuz für seine Jugendarbeit.

Bonatti bleibt seinem Entschluß treu, kein Bergsteiger mehr zu sein, und bereist als Fotograf die Welt. Er ist der letzte seine Zeitgenossen überragende Alpinist, der in den Alpen seine Meilensteine gesetzt hat. Am Ende der Ära Bonatti sind die großen senkrechten Straßen fast alle befahren und beschildert.

Die Zeit hat sich geändert. Es gibt neuartige Nylonseile, die einen Sturz sicher halten! Eine phantastische Neuerung. Man stelle sich vor: bis in die fünfziger Jahre klettert man mit Hanfseilen, bei denen der Vorsteiger keinen Kasten Bier drauf wetten darf, dass sie wirklich halten werden, falls er stürzt. Auf einen Vorschlag des Bergretters Ludwig Gramminger bringt das Bergsporthaus Schuster in München Steinschlaghelme auf den Markt. In den sechziger Jahren wird in Deutschland die 40-Stunden-Woche eingeführt, und mit dem Slogan „Samstags gehört Papi mir!" erkämpfen Gewerkschaften die Fünf-Tage-Woche. Stattdessen gehören Samstags nun viele Papis dem Gebirge, da werden die Kinder gar nicht gefragt. Die zweitägigen Wochenenden eröffnen ganz andere Möglichkeiten. Der große Boom, der später vor allem in Form von Skifahren, Snowboard und Wandern über die Berge hereinbricht, wäre nicht vorstellbar ohne Fünftagewoche, Gleitzeit und verringerte Stundenzahl. Am Freitagabend zeigen die Auspuffrohre Richtung Stadt, am Sonntag Richtung Alpen.

1971 gibt Bonatti aus dem alpinen Ruhestand quasi offiziell die Fackel weiter. Sein Buch „Große Tage am Berg" widmet er „Reinhold Messner - junge und letzte Hoffnung des klassischen Alpinismus". Die „letzte Hoffnung" bezieht sich auf Übereinstimmung der beiden in Wort und Tat. In den sechziger Jahren wurden mit enormem Materialaufwand Direttissimas durch Dolomitenwände geschlossert. Die Eigernordwand bekam eine Winterdirettissima im Expeditionsstil. Dieser Materialeinsatz ist der Punkt, an dem die Geister sich scheiden: kommt es nur auf die Schwierigkeit an? Oder mehr auf die menschliche Leistung, die als solche nur bei Reduktion der Hilfsmittel gesteigert werden kann? Dieser Ansicht sind Bonatti und Messner, und nicht nur sie. Schon in den zwanziger Jahren sinnierte George

Mallory, ob Sauerstoff am Mount Everest ein akzeptables Hilfsmittel sei. Die verwendeten Hilfsmittel sind immer Kernpunkt von alpinen Stilfragen.

Der von Bonatti geehrte Messner ist führend, wo immer er sich betätigt. Zunächst in den Dolomiten, dann in den Westalpen, danach im Himalaja. Zwei Beispiele: 1969 neue Route im Alleingang durch die Südwand der Punta Rocca in der Marmolada, im höchsten bis jetzt existierenden Schwierigkeitsgrad 6+. Bis die nächste Route in diesem äußerst kompakten Wandteil eröffnet wird, dauert es nicht weniger als dreizehn Jahre. 1974 durcheilt er mit Peter Habeler die Eigernordwand in sage und schreibe zehn Stunden. Der Seilschaftsrekord Messner/Habeler wird bis heute (!) nicht unterboten. Die Begehungszeiten großer Wände sind seither im gleichen Maß geschrumpft wie die Glaubwürdigkeit der großen Parteien. Allein dieses Detail belegt, wie weit Messner seiner Zeit voraus ist. Mit Haut und Haaren verschreibt er sich dem Himalaja - denn in den Alpen können neue Dimensionen im klassischen Bergsteigen nicht mehr erreicht werden.

Für den klassischen Alpinismus haben die Alpen seither stark an Bedeutung verloren. Liest man heute in den jährlichen Welt-Alpinchroniken des American Alpine Journal, wird deutlich, in welchem Maß das große Bergsteigen sich von Europa emanzipiert hat. Im Himalaja machen sie an allen Ecken und Enden großartige Routen, in Patagonien, Alaska, in der Antarktis. Mancher herausragende Bergsteiger der Gegenwart hat die Alpen höchstens einmal in den Ferien besucht. Große neue „klassische" Routen, die alles haben, was Wiederholer anzieht, gibt es in den großen Wänden kaum noch. 1984 finden Patrick Gabarrou und Francois Marsigny am Grand Pilier d'Angle noch eine ganz große: „Divine Providence", eine 900-Meter-Linie an einer der wildesten Wände der Alpen. „Divine Providence" wird sofort ein moderner Klassiker und regelmäßig wiederholt.

Fassen wir zusammen: sämtliche Gipfel sind zur Jahrhundertwende bestiegen, bis zum zweiten Weltkrieg gelingen die wichtigsten Wände. Eine kurze Zeit sucht man mit immer ermüdenderem Materialaufwand nach den direktesten Linien durch diese Wände und erkennt dies als Sackgasse. Damit sind wir in den siebziger Jahren.

Als Neutouren, eigentliche Quintessenz des großen „Big-Game-Climbing" ausgereizt scheinen, werden die vorhandenen Touren für eine bahnbrechend neue Idee gewissermaßen recycelt: Freiklettern in großen Wänden!

Mit dieser Idee wird noch einmal alles anders, der neue Blick schafft ungeahnten Platz für neue Touren. Seit den sechziger Jahren haben die Amerikaner das Freiklettern weit über europäische Standards hinausgeschoben. In den USA klettert man den neunten Grad, während in den Alpen die offizielle Skala nur sechs Grade umfaßt. Dann verbringen westdeutsche Kletterer in den USA ihre Ferien und die Idee der Freikletterregel mit zurück - die Kinder der Freizeitgesellschaft entwerfen ihre eigene Verfassung. Die Regel besagt das Einfachste: Nur an den Griffen darf man sich festhalten, nicht an Haken oder am Seil hochziehen und auch nicht ausruhen. Eine Seillänge so und in einem Zug durchsteigen, das ist es, das gilt. Seit jeher gilt Freiklettern als die „bessere" Form denn künstlich - also mit Hakenhilfe - klettern. Aber so genau nimmt es im Grunde niemand, wie oft er in die Haken greift. Der Franke Kurt Albert verfolgt die Idee dieses freien Klettern daheim in der Fränkischen Schweiz. Jede Route, die er frei in einem Zug klettern kann, markiert er mit einem roten Farbklecks. Daher hat die so einfache und so einleuchtende Regel ihren Namen: rotpunkt. Die

europäische Schwierigkeitsskala definiert 6+ als das menschliche Maximum. Nicht nur im Frankenjura klettert man schwerer, und bewertet alles, was schwerer ist als die alten Touren in diesem Grad, eben auch mit 6+.
1977 ist der Umbruch fällig. Die Sex Pistols singen „Anarchy in the UK", und die Deutschen Helmut Kiene und Reinhard Karl eröffnen im Wilden Kaiser die Pumprisse, die schwieriger sind als alles, was sie im Grad 6+ kennen. Mutig bewerten sie die Tour mit „7". Der lang überfällige siebte Grad ist eingeführt und erweist sich als das Ei des Kolumbus. Die Einführung des siebten Grades und die Idee des Rotpunktkletterns erweisen sich als bahnbrechend für eine neue Ära. Die Jungen, die es wie immer den Alten zeigen wollen, haben mit dieser Idee einen völlig neuen Zugang zum Klettern. Profillose Kletterpatschen geben dem Fuß ein ungeahnt genaues Felsgefühl, und für die Kraft trainiert man wie andere Sportler auch. Klettern ist also - Sport? Huch? Das war ein schwieriger Schritt im Selbstverständnis. Bis dahin waren Klettern und Bergsteigen Aktivitäten, die standen für sich und abseits. Und bis heute haftet es Nur-Sportkletterern wie ein Makel an, wenn sie nur Sport- sprich: Freiklettern und nicht auch „richtig" klettern. Was immer „richtig" sein mag, ist nicht geklärt, aber wer es nur als Sport versteht, auf den Sport reduziert, der hat etwas Wichtiges nicht verstanden.
Es kann keinen Zweifel geben, dass Klettern mehr ist als Sport: die Nähe zu den Elementen, das ihnen Ausgeliefertsein und die nur mit anderen Mehr-als-Natursportarten vergleichbare Verantwortung, die alpines Klettern zu etwas Besonderem macht. Das Spielfeld ist riesig, und wenn sich einer verletzt, kann er nicht winken: hallo Trainer, ich möchte jetzt raus. Gebirgsklettern ist so unwahrscheinlich ernst, das ist das Schöne. Es ist, sagen wir mal, ein Mehr-als-Sport.

Zurück zu den Anfängen des heute Gültigen: Magnesiumpulver hält die Fingerspitzen trocken, damit sie nicht an winzigen Griffen abrutschen, Hüftgurte erlauben komfortableres Stürzen und Hängen. Überhaupt gelten Stürze nicht mehr als Schande. Wer am persönlichen Limit klettert - und das gehört nun dazu -, der muss stürzen, weil er sonst das Limit nicht erreichen kann. Bohrhaken geben die nötige Sicherheit und gewinnen als Sicherungsmittel statt als Fortbewegungshilfe eine völlig neue Berechtigung.

Man trainiert und klettert immer schwerer, schnell ist auch in Europa der neunte Grad erreicht. Dann nehmen die Freikletterer die großen Alpenwände unter die profillosen Sohlen. Es ist ein einziger Sturmlauf. Bald sind alle großen Felstouren freigeklettert. Freiklettern auf neuen Linien ist plötzlich eine Herausforderung, an die vorher kein Mensch gedacht hat. Den größten Meilenstein dieser Entwicklung setzt der Südtiroler Heinz Mariacher 1982 mit seiner Route Moderne Zeiten an der Punta Rocca, Marmolada-Südwand. Der obere siebte Grad in einer achthundert Meter hohen Wand, ohne Bohrhaken in einer neuen Route, im idealen Stil von unten erstbegangen - wer hätte gedacht, dass in den Alpen noch so lohnende Routen zu machen sind? Ohne Freiklettertraining könnte man diese Linie nur künstlich an Bohrhaken kletternd - im schlechtesten nur denkbaren Stil - angehen. So aber ist es etwas ganz anderes! Moderne Zeiten verläuft übrigens knapp links von Messners Plattenführe aus dem Jahr 1969. Wegweisend ist auch die Himmelsrichtung - bis jetzt waren es meistens kombinierte Nordwände, in denen man wissen wollte, wo der Bartel den Most holt. Ab jetzt möchte man Sonne haben, also Südseiten, und guter Fels ist das Ziel. Normalerweise führt der Abstieg die leichteste Seite des Berges hinunter, also eine andere als im Aufstieg und unbekannte. Das ist immer im Hinterkopf: wie wird der Abstieg sein? Je mehr das Klettern selbst im Mittelpunkt steht, desto lästiger wird der Abstieg. Also entstehen Abseilpisten: man klettert so lang, wie der Fels Freude macht, und seilt dann einfach die Aufstiegsroute ab. Infolgedessen muss man auch kaum noch Gepäck mitnehmen und im Rucksack keine schweren Stiefel mitschleppen.

Der Spaßfaktor wächst, Südwände werden mit einem dichten Netz von Neutouren überzogen. Ziel ist schon lang nicht mehr der Gipfel, auch nicht mehr die Durchsteigung einer bestimmten Wand, sondern einfach möglichst schöne und schwierige Seillängen im Gebirge. Unter diesem Blickwinkel bieten die Alpen wieder Berge von Neuland, deren Erschließung bis heute nicht beendet ist.

Während in der Direttissima-Zeit künstliche Kletterei an Bohrhaken in die Sackgasse führt - das ist nurmehr Metallhandwerk, aber kein Klettern mehr, sind es ebenfalls die Bohrhaken, die die neuen Dimensionen und all die neuen Touren erst ermöglichen. Auch Bonatti hat solche Hilfsmittel nicht generell verdammt, sondern nur gefordert, dass Hilfsmittel in einem vernünftigen Verhältnis zur menschlichen Leistung stehen müssen. Und so ist alles im Lot, abgesehen von einigen Exzessen, die - manchmal mit kommerziellen Hintergedanken - als sogenannte „Plaisirtouren" mit Bohrhaken gespickt werden. Die meisten neuen Routen entstehen in plattigen Kalkwänden, in denen andere Sicherungen als mit gebohrten Haken sowieso nicht möglich sind.

Der Schweizer Michel Piola eröffnet in einem einzigen Sommer zwanzig (!) neue Freikletterouten im Montblancgebiet. Genau wie Bonatti „entdeckt" er Wände, ganze Gebiete, deren Potential vor ihm keiner bemerkt hat. Allein an „Bonattis" Capucin findet er vier Anstiege, einer schöner als der andere. Scharenweise schwärmen die Kletterer aus und wiederholen begeistert seine Routen. Sein Ziel ist nicht, sich als alter Mann zu sagen: meine Routen sind so furchterregend, die wurden bis heute nicht wiederholt, hehe. Er wünscht sich viele Wiederholer, auch dieser Gedanke ist im Grunde neu. Also hinterlässt er seine Touren mit fertigen Standplätzen und gerade eben genügend Bohrhaken. Michel Piola und Kaspar Ochsner, der in der Schweiz Dutzende von Sportkletterrouten aus der Taufe hebt, sind die bedeutendsten Wegfinder des alpinen Sportkletterns. Ihre Namen sind Gütesiegel, ihre Routen sind die schönsten und werden heute am häufigsten geklettert.

Der frische Wind aus dem Freiklettern erfasst auch andere Bereiche. Die Franzosen Patrick Berhault und Philipp Martinez revolutionieren den Winteralpinismus. Auch hier muss erst der Mut zum Denken sein, dann zeigt sich, ob der Mut zum Handeln noch reicht. Niemand hat bis jetzt in Gedanken die einfache Rechnung gewagt, dass man auch im Winter schneller klettert, wenn man a) weniger Gepäck und b) besser trainiert ist. Bis jetzt begann jede Winterbegehung mit einem riesigen Rucksack. Die Tage sind kurz, die Nächte kalt, also volle Biwakausrüstung, also großer Rucksack. Also langsam, also einen Tag mehr, also mehr Essen, also noch mehr Gepäck. Im Dezember 1979 steigen die zwei durch die Nordwand der Droites, eine der schwierigsten und legendärsten Wände der Alpen. Ihre erste Alleinbegehung trug 1969 wesentlich zum frühen Ruhm von Reinhold Messner bei. Berhault und Martinez haben monatelang für diesen Coup trainiert. Außer ihrer Kletterausrüstung haben sie keinerlei Gepäck, zur Verpflegung drei Bonbons. Ohne Probleme kommen sie an einem Tag durch - einem Dezembertag, einem der kürzesten des Jahres - und erreichen

nach sehr langem Abstieg am selben Abend das Tal. Im gleichen Stil durchsteigen sie auch den Frénypfeiler an einem einzigen Wintertag. Diese zwei Unternehmungen haben den Winteralpinismus von Grund auf verändert. An der Droites-Nordwand sieht man heute im Winter manchmal pro Tag vier, fünf Seilschaften hinaufstürmen - mit Leichtgepäck.
Berhault ist auch einer der Ideengeber für die „enchainments", die Aneinanderreihungen, die den Beginn der achtziger Jahre prägen. Mit dem charismatischen Jean-Marc Boivin klettert er durch die Südwand der Aiguille du Fou, fliegt mit einem deponierten Drachen hinüber zur Drus und legt den unteren Teil der Amerikanischen Direkten nach. Dann - das ist längst üblich - seilen sie sich über die bereits eingenagelte Abseilpiste zum Einstieg, fliegen ins Tal und sitzen wie nach der Droites am selben Abend in Chamonix in der Kneipe. Immer atemberaubender werden die Listen der Touren, die die Franzosen aneinanderreihen. 1985 klettert Christofe Profit durch die Nordwände von Matterhorn, Eiger und Grandes Jorasses - in vierundzwanzig Stunden! Ein Helikopter fliegt ihn von Berg zu Berg, und er klettert die drei Wände hintereinander weg. Kritiker vergessen meist zu würdigen, dass er dabei sowohl den Hörnligrat am Matterhorn als auch Westflanke des Eiger zu Fuß abstieg, und beide sind elend lang. Er wiederholt das Programm in unter 48 Stunden im Winter, und damit ist die Ära des Helikopteralpinismus im wesentlichen auch schon vorbei. Auf der Dauer hat ein knatternder Hubschrauber im Reservoir der Hilfsmittel eines Bergsteigers nichts zu suchen, und wer noch Lust hat, setzt seine enchainments zu Fuß oder mit Drachen oder Gleitschirm fort. Jean-Marc Boivin, außer einem Spitzenalpinisten auch ein erstklassiger Drachenflieger, setzt in dieser Hinsicht Zeichen. Vom Grand Capuccin gelingt ihm ein waghalsiger

BASE-Jump. Sein Leben endet, als er in Venezuela mit dem Fallschirm den höchsten Wasserfall der Welt hinabspringt.
Auch die Zeit der Aneinanderreihungen, der sogenannten „enchainments" zeigt deutlich, dass neue Dimensionen in den Alpen nicht mehr zu erreichen sind, abgesehen vom Freiklettern, wo es weiterhin immer und immer schwerer wird. Zwei Unternehmungen seien noch erwähnt: 1990 wird Divine Providence im oberen neunten Grad frei geklettert! Dies in Verbindung mit dem langen Weiterweg, am Gipfel sind es noch sechshundert Höhenmeter bis zum Montblanc, macht die Tour bis heute zu einem der lohnendsten und begehrtesten Ziele der Alpen. 1991 klettert der Franzose Jean-Christofe Lafaille solo eine neue Route links von Divine Providence und gleich anschließend solo eine neue Route links vom klassischen Fréneypfeiler, das ganze in fünf Tagen. Am Fréneypfeiler muss er über die letzten Längen der klassischen Führe aussteigen, denn zur anderen Seite hat er für seine Neutour keinen Platz mehr: dort gibt es längst eine Tour von Michel „Maitre" Piola. Nach langen einsamen Tagen kommt Jean-Christofe Lafaille im Abstieg an eine Seilbahn und stellt sich zur Talfahrt unerkannt in die Schlange. Sein doppeltes Solo war vielleicht die größte Leistung in den Alpen während der letzten zwanzig Jahre.
Auch heute werden noch Neutouren in den größten Wänden gefunden und phantastische Abenteuer bestanden, aber diese Linien an sich sind nicht mehr so lohnend, als dass sie häufig wiederholt würden. Diese Erstbegehungen sind im Grunde nurmehr von Interesse, für diejenigen, die sie unternehmen. Langeweile herrscht im playground of Europe dennoch nicht, dafür sind die Alpen viel zu schön, zu groß, zu vielfältig.
Alpines Freiklettern, aber auch Winteralpinismus und Eisklettern erleben einen phänomenalen Aufschwung. Das gilt aber

mehr für die Leistungen als für die Zahlen der Aktiven. Während die Leistungen sich ähnlich rasant entwickelt haben wie die Mikroelektronik und weiter entwickeln, bleiben Ballungserscheinungen vor allem den Klettergärten außerhalb der Alpen vorbehalten. Einige „neue" Gebiete mit Routen von Piola und Ochsner werden intensiv besucht; manches Traditionsgebiet wie Wilder Kaiser oder Wetterstein sieht im Vergleich zu früher aus wie eine Geisterstadt. In den klassischen Kaisertouren, wo sich früher am Wochenende ein Dutzend Seilschaften auf die Füße traten, sind heute noch ein, zwei Partien zu sehen. Obwohl sich die Zahl der Aktiven vervielfacht hat, ist Klettern im Gebirge im großen und ganzen immer noch das Hobby einer kleinen vertikalen Minderheit.

Und egal, wie hitzig in alpinen Kreisen über Stil und Ethik diskutiert wird, eines sei festgehalten: hundert Bohrhaken in einer Route mögen andere Kletterer zur Weißglut treiben - den Gemsen, die dort leben, ist das so sensationell gleichgültig, das kann man sich kaum vorstellen. Und man kann gerade im Hochgebirge immer wieder beobachten, wie Vögel in Felswände fliegen, in denen nichts, aber auch gar nichts wächst. Sie wissen, dass rastende Kletterer dort immer wieder ein paar Krümel fallen lassen. Deswegen fliegen Dohlen bis auf 4000 Meter an den Walkerpfeiler in der Nordwand der Grandes Jorasses.

Die neue Zeit hat indes auch das Gesicht der Alpen verändert. Tourismus braucht Mobilität. Ohne Mobilität ist Tourismus so undenkbar wie ein Auto ohne Räder. Und wir haben neue Straßen, neue Seilbahnen, neue Pisten und neue Hotelviertel. Ohne die breiteren Straßen wären die Seilbahnen nicht ausgelastet und die Hotelbetten leer. Wirtschaftlich gesehen sind die Alpen eine Ressource, die ausgebeutet wird, und das vor allem im Winter. Wintersport ist dabei kein Natursport, sondern das

Gegenteil. Wenn Schnee fehlt, helfen Kanonen oder man lädt ihn auf Lkws und entführt ihn. Wenn man eine flüchtige Erscheinung wie Schnee von dröhnenden Ladeflächen kippt, wirkt das immer ein wenig gewaltbereit. Wenn sie den Schnee foltern könnten, damit er nicht schmilzt, oder festketten - auch das würden sie tun.

Am Lift schallt Musik hinaus in die Bergluft, damit Stille den Konsumenten nicht stört, und vielerorts geht das ganze nachts bei Flutlicht weiter. Das einzige, was man im Grunde wirklich vom Gebirge will, ist: das Gefälle. In Japan haben sie eine riesige Skihalle gebaut, da weiß man natürlich immer, was man hat: Schnee garantiert. Was für ein wertloser Plunder für jeden, der die Natur liebt.

Gleichzeitig ändert sich die Welt so schnell, wir erkennen sie ja kaum noch wieder. Als ich Kind war, hatten wir einen Schwarzweißfernseher und zwei Programme. Bis Mittag kam auf beiden nur das Testbild. In Tirol, wo wir Urlaub machten, hatten die Bauern Haflinger statt Motorschlepper. Wenn ein Auto kam, hüpften die Kinder vor Freude, weil damals in einem Bergdorf in Tirol Autos so selten waren. In der achten Klasse bekamen wir Taschenrechner. Unser Lehrer prophezeite, eines Tages würden Taschenrechner billiger sein als das Ladegerät. Genauso gut hätte er tausend Jahre früher sagen können: die Erde ist rund. Wenn ich sehe, wie unsere Kinder aufwachsen und was heute für Kinder Alltag ist, dann waren wir Neandertaler. Wenn man heute Kindern erzählt „Früher hatten wir noch Rechenschieber", dann klingt das schon beinahe wie „1914 stand hier eine Büste vom Kaiser". Ich bin aber nicht einmal vor dem Krieg geboren, sondern 1962.

Mit der Entfernung zur Natur ist die Sehnsucht nach ihr, die Sehnsucht nach dem Draußensein immer mehr gewachsen. Wir leben in klimatisierten Räumen, fahren im geheizten Auto ins überheizte Büro. Wetter ist das, was abends einer im Fernsehen vorhersagt und was dann auf der anderen Seite von Glasscheiben vonstatten geht. Immer mehr von uns wohnen in den Städten, dort wo die Arbeit ist - die sich immer mehr von dem entfernt, was der Erwerb unserer Väter noch war. Ein Freund von mir fliegt für eine Woche zum Heliskiing nach Kanada, und danach verbringt er wieder zehn Stunden täglich im Büro. Man will was erleben in der freien Zeit, und in den Bergen wird man immer was erleben. Darum werden die Berge immer ein Ziel sein.

Und: mit dem immer umfassenderen Effektivitätsdruck wächst das Bedürfnis nach Spiel, nach Nutzlosigkeit. Der französische Freikletterpionier Patrick Edlinger, ein früher Gefährte von Berhault, formulierte: „Unsere ganze Gesellschaft ist auf Effektivität ausgerichtet. Ich aber will nicht effektiv sein." Ein bisschen davon braucht ein jeder, ein bisschen Spiel, ein bisschen Muße. Und wo spielt man glücklicher als in der freien Natur?

Wir brauchen die Alpen also, und wir müssen sie schützen. Vor ...uns? Oder vor was? Und: Schützen - was ist das?

Ökologie ist längst kein wissenschaftlicher Begriff mehr, sondern Ersatzreligion, die jene Lücke ausfüllt, die all die Werte hinterlassen haben, die sich verflüchtigten: Volk, Vaterland und leider oft auch Gott. Weil Umweltschutz die wichtigste Aufgabe im begonnenen Jahrtausend ist, darf man ihn nicht lächerlich machen. Die Bremsspur eines Mountainbikes reißt den Waldboden auf, nun gut. Das ist eine Bremsspur, ein ökologischer Schaden ist das nicht. Wer weiß, wie es aussieht, wenn Wildschweine nach Eßbarem gesucht haben, der möge versuchen, mit dem Mountainbike eine ähnliche Furche zu ziehen. Und selbst eine Forststraße, die zur Holzabfuhr angelegt wird, wächst nach fünfzig Jahren wieder zu. Im Wald sind fünfzig Jahre keine Größenordnung. Wenn der Boden durch die schweren Maschinen auf Dauer verdichtet wird, ist der Schaden unter Umständen ein anderer. Wenn es gelingt, Tiere wie Luchs, Wolf oder Bär wieder anzusiedeln, ist für den Schutz der Alpen konkret nicht viel gewonnen - ein bisschen Bammel beim Betreten des Waldes wäre ein Gewinn für den Respekt vor der Natur, an dem es uns so sehr mangelt.

Auf Neuginea gibt es noch ein Steinzeitvolk, das von der Zivilisation nicht viel zu befürchten hat. Die Menschen leben in einem Regenwald, der zu sumpfig zum Abholzen ist. Der beste Schutz für eine Landschaft ist, wenn man mit ihr kein Geld machen kann. So leicht ist es mit den Alpen nicht. Man kann den Menschen nicht hinausschützen. Den Sportler nicht, den Touristen nicht und schon gar nicht die Bewohner.

Wenn wir die Alpen schützen wollen, dürfen wir nicht das verzerrte Bild derer übernehmen, für die Natur eine Vitrine voll Meissner Porzellan ist. Natur ist nicht Disney World. Natur ist Wildnis. Natur ist unter anderem Gewalt. Da draußen gibt es Tiere, die fressen unschuldige Tiere.

In Brüssel will man etwas tun, aber keinen Ärger mit der Industrie: so plant man Sperrungen des Hochgebirges für Alpinisten. Man muss die Alpen schützen, das ist sicher. Am ehesten geht das wohl, aber das ist leicht gesagt, mit Drosselung des Autoverkehrs, strengeren Bauvorschriften, wirkungsvollerer Unterstützung für die traditionellen Bergbauern und ausnahmsweise - wäre das vielleicht auch einmal machbar?! - einem Fortschritt bei der Weltklimakonferenz. Sperrungen für Bergsteiger sind so, als ob man sagt: Saddam Hussein ist ein schlimmer Kerl, weil er keine Radwege baut.

Naja, ich gebe zu: ich bin ein Bergsteiger. Ich bin parteiisch. Warum steht in einem Rückblick auf den Alpinismus seit dem Krieg soviel über Schutz und Sperrungen? Weil wir Bergsteiger nicht nur die Felswände lieben, sondern die ganzen Alpen: diese wunderbare steile Welt im Herzen Europas.
Genau das: Wir lieben die Berge. Wie kitschig das klingt. Und wie wahr es doch ist.

Buchbeitrag für „Steile Welt – Impressionen aus den Alpen"
Bergverlag Rother, 2000

Die Nächte der Einsamen
„Tonight I'm Yours" – Rod Stewart

„Komm, noch eins!"
„Nee, Jörg, lass gut sein."
„Ach was! Ein Bier noch. Eins geht immer!"
„Ich mag nicht mehr. Echt jetzt."
„Malte!!! Ich sag's den andern!"
„Also gut..."
Neulich, in einer Pizzeria in Chamonix... Wir tranken noch zwei Gläser, und vertrauensselig trieben wir auf die Frage zu, die wahre Männer beschäftigt - wenn sie wirklich Männer sind - und die sie nur unter besten Freunden zu stellen wagen. Immerhin, wir kannten wir uns seit über zehn Jahren, und daher -
„Wie oft hast Du eigentlich schon...? In der Nacht - ääh, also..."
Wie oft er es selbst getan hatte, wusste Jörg, als Mathematiker mit großen Zahlen vertraut, genau: dreißig Mal bei siebzehn Verschiedenen. In Kalifornien war es immer besonders gut gelaufen, in Südamerika sogar fünfmal nacheinander. Respekt, Respekt.
„Und Du?", drängelte er.
„Herrje", warf ich mich in die Brust, „Das kann ich jetzt wirklich nicht so genau sagen... kennst das ja. Vor ein paar Jahren waren es ungefähr fünfundzwanzig, aber jetzt... Du weißt schon, man verliert einfach den Überblick." Ich zwinkerte ihm weltmännisch zu. „Irgendwann ähneln sie sich alle ein bischen, weißt Du... obwohl ich immer noch total drauf stehe. Hast Du's auch schon im Stehen gemacht? Nein?... mir hat`s auch nicht gefallen. In der Hängematte?... naja. Eigentlich bin ich altmodisch, weißt Du, am liebsten mach` ich`s im Liegen, ganz nor-

mal. In Pakistan, Alter!, acht Mal nacheinander, das war eine Nummer! Und dann am Morgen einen anständigen Kaffee, weißt Du... von sowas träumt man doch als Mann. Aber um die alle zu zählen, also ehrlich, da bräuchte ich was zu schreiben."
Eine Woche später war die Liste fertig. Wir hatten nicht die Frauen gezählt, die wir bestiegen, sondern in der Wand verbrachte Nächte, wenn wir Berge bestiegen hatten. Ich kam auf knapp vierzig in zweiundzwanzig verschiedenen Touren und einigen Fehlversuchen; wenn ich Schneehöhlen und Gletscherbiwaks mitrechne, sind es noch ein paar mehr. Vierzig Nächte zwischen Himmel und Keller - es klingt beinahe so kitschig, wie es wahr ist. Du bist da, wo Du hinwolltest, in all den Wochen, die von der Tour geträumt hast. Du befindest dich weniger an einem bestimmten Ort als in einem ungefähren Zustand, weit weg und ganz, ganz nah dran. Du sitzt bequem und mittendrin im Abenteuer, ein satter Adler nach einer guten Jagd - vorausgesetzt, es ist ein gutes Biwak. Wenn Du aber eins von den richtig miesen Biwaks erwischst, dann wirst Du zum bibbernden, gequälten Tier, Opfer eines hirnrissig strapaziösen Tierversuchs, den Du aus schwer verständlichen Motiven mal wieder mit dir selber anstellst.
Und erstaunlicherweise gilt auch gerade dort die alte bürgerliche Regel, dass es nur selten etwas umsonst gibt. Für die guten Trips zahlst Du mit schlechten, und für die schlechten Trips belohnen dich die guten. Bereit musst Du sein, bereit zu geben, bereit zu leiden. Wie sonst willst Du etwas erleben, etwas in dich aufnehmen, was in irgendeiner vernünftigen Relation zu den Strapazen und all der elenden Mühsal steht, die unvermeidlich mit jeder großen Route auf dich zukommen?! Auf alle Fälle musst Du, ganz profan gesprochen, einfach noch oben am Berg sein, wenn es dunkel wird.

Mein schlimmstes Biwak war glücklicherweise gleich eins meiner ersten. Wir waren spät gestartet, und in der Gipfelwand der Messner-Führe an der Droites-Nordwand wurde es dunkel. Wir waren erschöpft wie nach einem Marathon, unsere Akkus leer, leer, leer, es war schweinekalt. Halb saßen wir, halb hingen wir, einen Meter auseinander und wärmten uns nicht einmal gegenseitig. In dem Gewirr aus Trittschlingen und Selbstsicherung und mit unserer geringen Erfahrung mit solchen Situationen konnten wir auch den Schlafsack, den wir gemeinsam benutzen wollten, nicht effektiv einsetzen. Was zwischen zwei Sprüngen des Minutenzeigers verging, dauerte mindestens eine halbe Stunde. Es gab kein Entrinnen aus dieser Hoffnungslosigkeit, aus diesem Kerker unter freiem Himmel. Ich bekämpfte das Gefühl, den Gedanken, das nicht mehr auszuhalten, doch irgendwann schreckte ich hoch und glaubte: „So, jetzt ist es soweit, jetzt hältst Du es nicht aus. Hm. Und was jetzt?"
Und nichts jetzt, einfältiger Trottel! Die Füße waren immer noch taub vor Kälte, der Hintern war auch kalt, der Gurt drückte schmerzend gegen den Beckenknochen. Ganz genau wie vorher, da kannst Du viel beschließen, dass das jetzt nicht mehr ginge. Jene Nacht an der Droites war wie ein Gang durch den Spiegel, seelisches Neuland, beklemmender Ausflug in einen einsamen Keller im Haus der eigenen Psyche. Bei jedem schlechten Biwak, das folgte, hatte ich einen Trost, einen Halt: „Die Nacht mit Tobi an der Droites, die war viel schlimmer, und die hast Du auch überstanden." Das galt auch für ein Schlingenbiwak bei einer Winterbegehung des Druscouloirs, in dem ich mehrere Stunden lang den Schlafsack nicht schließen konnte, und das galt auch für die zweite Nacht in der Französischen Direttissima am gleichen Berg. Aus Angst vor einem Wettersturz hatten der Katalane und ich den großen bequemen Biwak-

platz am Ende des Roten Pfeilers ausgelassen und waren bis nach Mitternacht weitergeklettert, bis es endgültig nicht mehr ging. Wir endeten auf einem abschüssigen Band, nicht größer als eine Kühlschranktür. Es gab keinen Schnee, kein Wasser. Wir konnten nicht kochen, nichts trinken, und essen konnten wir auch kaum, denn dafür waren wir zu durstig. Noch bist Du in Aktion, „Moment, die Friends hängen wir da drüben hin, hier, pass auf, nimm!", dann kauerst Du dich neben deinem Partner zusammen, überlegst, ob Du ihn ein bißchen zur Seite drängen sollst, damit Du wenigstens etwas besser sitzen kannst und stoppst noch schnell auf einem schmalen Grat von Fairness, bevor Du in den nackten Egoismus abstürzt. Aber langsam stürzt Du trotzdem. Dein Herz, deine Hoffnungen, deine Begeisterung, die dich überhaupt erst hierher gebracht hat, in neunhundert Meter Wandhöhe an der Drus, all das stürzt langsam ins Bodenlose, ein emotionaler Sturz ins Leere mit verbundenen Augen. Grob zu vergleichen mit Nächten, in denen man besoffen ins Bett sinkt, alles dreht sich, Du betest, dass Du nicht kotzen musst, fragst dich, warum zum Teufel Du soviel getrunken hast, erkennst, dass es ein Fehler war und es jetzt erbarmungslos zu spät ist: Da musst Du jetzt durch.
„WARUM!!!? O bitte, lieber Gott, lass es Tag werden!" Wenn Du die Augen aufmachst, wird es geringfügig besser. Die in vielen Routen und Biwaks akkumulierte Stabilität deines Verstands baut dir zwei goldene Brücken, immerhin. Es ist schon ein Uhr, da sind gar nicht mehr soviele elende Stunden bis zum Hellwerden übrig. Also halb so wild. Zweitens sind es nur zwei oder drei einfache Seillängen bis zum Ausstieg. Also wirklich halb so wild, wir sind praktisch schon oben. Ich musste an das Bild vom Haus der eigenen Psyche mit seinen vielen Zimmern denken und bekam ein merkwürdiges, ein plastisches Gefühl, als sei ich

nach langen, strapaziösen Treppen und gewundenen Gängen in einem abgelegenen Flügel des Gebäudes in einem weiten, hellen, kahlen Raum gelandet, dessen Schwelle ich schon einige Male knapp überschritten hatte, aber noch nie so weit drin gewesen war wie diesmal. Durch ein Fenster zu einem Nebenraum entdeckte ich eine Schrift an der Wand, die ich noch nie gesehen haben konnte, ein enorm wichtiges Geheimnis also, doch leider stand da nur: „WER DAS LIEST, IST DOOF". Mit anderen Worten: es ist alles umsonst, Du Trottel, sieh ein, dass extremes Bergsteigen Unsinn ist. Eine ziemlich ernüchternde Botschaft, dazu in dem jammervollen Zustand, in dem wir beide uns befanden.

Schlechte Biwaks sind dabei fast immer die ungeplanten, wo man entweder gar nicht biwakieren wollte oder zumindest an einer ganz anderen Stelle. Die guten Biwaks sind immer mehr oder weniger genau geplant, man hat das Material dabei und ist einigermaßen vorbereitet. Den ganzen Tag Stress gehabt, aber jetzt kann die Seele baumeln. Das Abenteuer ist noch nicht zu Ende, aber jetzt habt Ihr Auszeit, Frieden, Zeit zum Atmen, zum Genießen, zum Ahnen, warum Du immer wieder extreme Routen machst, eine lebenslang höchst problematische Frage, die manchmal, manchmal intuitiv doch so sonnenklar wird. Die ruhigen Momente bei einem schönen Biwak, das sind so Augenblicke, wo Du es genau weißt. Im Abstieg von der Droites mit Jörg und Robert nach unserer Erstbegehung letztes Jahr, das war so ein Biwak. Zweite Nacht am Berg, nachts einen Platz für eine Schneehöhle zu dritt gefunden, schön warm drin geschlummert, und wir hatten gleich ganz früh Sonne. Panoramablick hinüber zum Montblanc, Panoramablick frontal drauf auf die Jorasses-Nordwand, alle Schwierigkeiten hinter uns, aber das Abenteuer noch nicht ganz vorüber, noch nicht Vergangen-

heit, nein, noch nicht, ein paar Stunden Abstieg und eine kleine Prise Ungewißheit blieben: „Verweile doch, Du bist so schön..."
Am Morgen mit Jörg bei unserem Biwak während einer Neutour in der Westwand des Nevado Cayesh in Peru, als die genau auf der Rückseite des Berges aufgehende Sonne das Massiv als zwanzig Kilometer langen dreieckigen und symmetrischen Schatten horizontal auf die Leinwand des ganzen Himmels projizierte. An der Spitze der Pyramide leuchtete ein Punkt - der Gipfel, unser Ziel. Ein Anblick, ein Gefühl wie eine Vision, eine Erscheinung. Das dritte von acht Biwaks am Ogre mit Hans und Toni, als die Sonne ein Brockenspektrum, wie manche Leute profan für einen kreisrunden Regenbogen sagen, auf die Nebelschwaden warf, die über dem Gletscher und unter uns hingen: so schön, so wahr! Die Winternächte mit Robert in einer Schneehöhle unter dem Grand Capucin mit Bier und drei Sorten Käse - was will man mehr in den Bergen erleben?! Mit Martin am Walkerpfeiler: es war unsere Wiedersehenstour nach seinen zwei Jahren in Südamerika, und wir hatten einen Mini-Kassettenrecorder und Salsa zum Abendessen und die „Toten Hosen" zum Frühstück. „SIIIIIE-WAAARTEN-NUR-AUF-DICH" schepperten die Hosen, während der Schnee für den Kaffee auf dem schnurrenden Kocher stand, ohne jeden Zweifel die stilvollste all meiner Nächte am Berg. Zwei Jahre später erlebten Martin und ich ein Notbiwak auf einem Gletscherabstieg, bei der die Rettungsdecke als einzige Ausrüstung nicht für beide reichte. So saß - immer abwechselnd - einer mit der Decke im Schnee, und der andere stand so lange... So kalt die Nacht auch blieb, war die Situation doch originell genug, daß ein Rest von Stolz verzweifelt noch von innen wärmte: zu wissen, daß das jetzt wirklich etwas Besonderes war...

Der Reiz einer großen Bergtour besteht unter anderem immer auch in den Strapazen, die man dabei erduldet und übersteht, insofern sind die Unannehmlichkeiten, die sich letzten Endes immer mit einem Biwak verbinden, nie so im Widerspruch zu modernem Alpinismus gestanden, wie manche vielleicht meinen. Wenn man ohne durchkommt, wird es immer die bessere Tour sein, denn mit leichtem Rucksack macht das Klettern mehr Freude, das weiß jeder Trottel. Aber Touren, die ein Biwak oder mehrere sowie das entsprechende Zusatzgepäck erfordern, sind deswegen nicht die schlechteren. Ein Sonnenuntergang, ein Sonnenaufgang oben am Berg oder einfach die Sterne über dir, das können Sternstunden sein. Gerade diese Ruhe, diese Zeit zum Ausschwingen ist ohne Biwak selten gegeben. Im Tal kommt dann die Ruhe nach dem Sturm, das ist auch nicht schlecht, aber diesen Moment der Stille, noch während die Winde des Abenteuers wehen, den hast Du dann nicht gehabt: Schnelligkeit ist Sicherheit, und so knüppelt man atemlos die Wand hinauf und hinten wieder runter.

Eine dieser Sternstunden war auch das Biwak, das zwischen dem Abend in der Pizzeria und der Fertigstellung der Liste lag. Nach unserer Nicht-ganz-Winterbegehung des Crozpfeilers Anfang April verbrachten wir die Nacht auf dem Gipfelgrat der Grandes Jorasses. Wir erwachten auf der Grenze zwischen Italien und Frankreich, vor uns ein besonnter Südhang, in unserem Rücken tausend Meter schattig-schaurige Nordwand, dazu genügend Zeit für einen gemütlichen Start und ein Rest Knoblauchsalami. In unsrem Panoramablick fehlte keiner der berühmten Berge des Montblancmassivs außer der Jorasses, aber da saßen wir ja selber drauf, hihi!, schönes Wetter, Einsamkeit. Die Nacht war anfänglich kühl, doch am Ende gut erträglich gewesen, und als nach einer halben Stunde die Sonne uns erreichte, warme Strahlen uns liebevoll berührten, da gab es keinen Platz auf der Welt, an dem wir in diesem Moment lieber gewesen wären. Nicht mal am Tresen der Pizzeria.

Der Bergsteiger, 1995

Biwak im Stehen
Eine Begehung des Leichentuchs

Wir schultern die Rucksäcke wieder und machen kehrt. Die Seilbahn hat geschlossen. Die Besteigung einer großen Alpenwand wegen einer geschlossenen Seilbahn aufzugeben, ist eine der dämlichsten Sachen, die einem beim Bergsteigen passieren können. Hochlaufen können wir allerdings nicht, dafür sind wir viel zu schlapp. Blamiert und übellaunig schleppen wir unsere riesigen Rucksäcke zurück Richtung Straße.
„Dann eben das Supercouloir. Die Midi-Bahn fährt immer."
Ein Lieferwagen hält an und bringt uns zurück zum Zeltplatz. Der Fahrer sagt uns, dass die Midi-Bahn ebenfalls nicht läuft.
„Dann machen wir`s Leichentuch. Die Montenvers-Bahn fährt bestimmt."
Und die Montenvers-Bahn fährt. Was sollen wir bei den Eisverhältnissen Ende Mai anderes klettern als das Leichentuch? Die Dinge nehmen ihren Lauf. Jungfrauen werden schwanger, und wir sind unterwegs zur falschen Tour.
Das „Leichentuch", das große Eisfeld zur Linken des Walkerpfeilers in der Nordwand der Grandes Jorasses, erhielt seinen Namen wegen des heftigen Steinschlags, der dort im Hoch- und Spätsommer herunterprasselt, und wurde aus diesem Grund im Winter erstbegangen. Mittlerweile klettert man es auch im Sommer, aber nur in kalten Nächten, solange der Frost den Steinschlag verhindert, bevor die ersten Sonnenstrahlen den Gipfelgrat erreichen. Es ist wie beim Eiger: mit dem richtigen Timing ist es relativ sicher, aber das Timing ist eben wichtig.
Zwei Stunden läuft man von der Bergstation der Montenvers-

Bahn bis zur Leschaux-Hütte, dem Ausgangspunkt für die Jorasses-Nordwand. Bei dem vielen Schnee, der jetzt noch liegt, wird es etwas mehr. Auf der Hütte sind wir glücklich. Ganz weit hinten, ganz tief drin sind wir hier in den Bergen, mit großartigem Blick über den mächtigen Leschaux-Gletscher und das endlose Mer de Glace gen Westen. Dort geht die Sonne orange-rot über den Aiguilles de Chamonix unter und scheint dabei in unsere Richtung herauf. Die Hütte, jetzt noch unbewirtschaftet, ist offen, und wir sind allein. Wir kochen auf dem frei zugänglichen Gasherd, ein famoser Luxus. Was wollen wir mehr?

Wir freuen uns auf die Tour. Lange Fäden unserer Freundschaft laufen hier zusammen. Vor drei Jahren waren wir schon mal hier und haben den Walkerpfeiler gemacht, ein grandioses Unternehmen mit Kiwitörtchen, Dosenbier und Kassettenrecorder. Es war die Wiedersehensfeier nach zwei Jahren, die wir uns seit der Matterhornnordwand nicht gesehen hatten, weil Martin so lange in Südamerika geblieben war. Und heute sind wir wieder hier. Wir haben zwar keinen Punkrock dabei, aber dafür leichte Rucksäcke. Morgen werden wir wieder auf dem gleichen Gipfel stehen, und vielleicht finden wir ja im Abstieg noch das Eisbeil wieder, das ich damals irgendwo vergaß und liegenließ. In diesen Gedanken schlürfen wir unser Dosenbier und freuen uns auf morgen - einen guten und harten, aber nicht allzu harten Tag am Berg. Das Leichentuch ist lang und potentiell gefährlich, jedoch nicht besonders schwierig. Big Action mit einem guten Freund. Wunderbar.

Um Mitternacht stehen wir auf. Wortkarges Frühstück, dann der Aufbruch. Zwei Stunden braucht man normalerweise bis zum Wandfuß, und in vier Stunden wird es hell. Der steinschlaggefährdete Teil der Route ist der unterste, wo man genau in Fallinie durch Eisrinnen und kombiniertes Gelände hinauf-

klettert. Ist dies überstanden, geht es linkshaltend durch den zentralen Teil des großen Eisfelds hinauf zum Ausstieg auf den Hirondelles-Grat und den Grat hinauf zum Gipfel. Wir fluchen über den langen Zustieg. Der viele Neuschnee auf dem Gletscher ist nicht wie in Hochsommernächten überfirnt und hartgefroren, sondern tief und weich. Die Spurarbeit kostet Zeit und Kraft. Es dämmert, wir sind viel zu spät dran. Wir befinden uns kurz vor dem Einstieg, fünfzehn Kilometer von Montenvers entfernt und in dreitausend Meter Höhe. Martin geht vor, als plötzlich der Hang auf zehn Meter Breite einreißt und als Schneebrett in eine Gletscherspalte rutscht, die eben noch gar nicht zu sehen war. Martin muss ein Loch in die Schneebrücke getreten haben und stürzt, von einigen Tonnen Schnee begleitet, in die Spalte. Ich renne hangabwärts, bis ich den Ruck des uns verbindenden Seils spüre und Martin halte. Im gleichen Augenblick springt er auch schon wieder heraus. In seinem Schrecken hat er sich blitzschnell selbst am Seil herausgezogen.
„Bist Du okay?"
„Nichts passiert. Aber mein Eisbeil ist weg."
Noch hundert Meter bis zum Einstieg, und wenn das Eisbeil tatsächlich verloren ist, war alles umsonst. Aber wir finden es in dem kleinen Lawinenkegel wieder und stapfen weiter zum Bergschrund. Mittlerweile ist es völlig hell. Wir blicken hinauf, wo tausendzweihundert Meter über uns die ersten Sonnenstrahlen den Hirondellesgrat kitzeln. Nicht gut, wegen des Steinschlags, denke ich, und leise plumpst irgendwo der erste Stein in den Schnee. Aber sonst ist der Einstiegsbereich „sauber", keine Steine, keine Einschlagtrichter zu sehen. Wir beginnen zu klettern. Wir steigen gleichzeitig am kurzen Seil; die Zeit drängt, und es ist nicht allzu schwierig. Nach etwa hundert Metern bereits pfeifen regelmäßig Steine herab. Es ist dumm von uns, nicht umzu-

kehren. Noch wäre Gelegenheit. Wir versuchen, noch schneller zu klettern, gehen auch die schwierigeren Passagen gleichzeitig. Nur ab und zu hängen wir eine Zackenschlinge ein oder setzen einen Snarg. Wenn einer von uns beiden fällt, liegen wir beide unten. Doch dies Risiko ist geringer als die Gefahr durch die Steine, die pfeifend und brummend an uns vorbeisausen. Außer natürlich, der Partner stürzt durch Steinschlag.

Grübeln hilft nicht, nur Schnelligkeit. Abseilen können wir Dummköpfe nicht, weil wir aus Gewichtsgründen nur ein Seil dabeihaben. Schneller! Schon haben wir die steilsten Passagen hinter uns, doch jetzt kommt statt Firn blankes Eis, das geht länger. Wir rennen wie die Hasen, reden so gut wie kein Wort. Schneller! In verzweifelter Eile hacken wir die Eisgeräte und die Frontalzacken unserer Steigeisen ins Eis und hetzen mit dicken Waden weiter. Neunhundert Meter höher scheint die Sonne prall auf den Grat. Dort muß die reinste Kiesgrube sein, die vom Nachtfrost erwacht. Melancholisch dem Ruf der Erosion folgend, stürzen sich die Steine wie Lemminge in die Tiefe, tauschen ihren Vorzugsplatz „Zur schönen Aussicht" mit einem Loch, das sie unten beim Aufschlag im Schnee hinterlassen. Auf ihrem Weg zum Wandfuß fallen sie zunächst fünf-, sechs-, siebenhundert Meter frei durch die Luft. Das Pfeifgeräusch ist beinahe genau das gleiche wie in den Zeichentrickfilmen, wenn der Rosarote Panther von einem Hochhaus fällt. Dann schlagen sie mit einem dumpfen Patschen auf und fliegen, in rasende Drehung versetzt, radschlagend in wilden Kurven weiter. Ein morbides Konzert aus Brummen, Pfeifen und helikopterartigem Schrappeln. Wir sind zu falschen Zeit am falschen Ort. Schützengraben. Normalerweise schaut man bei Steinschlag schnell nach oben, sofern das Geräusch verrät, dass noch Zeit zum Reagieren bleibt, und duckt sich dann erst oder weicht einen Schritt

nach links oder rechts aus. Wollten wir heute bei jedem Stein hinaufschauen, hätten wir bald eine Genickstarre. Weiter.
Ein Stein, groß wie ein gefrorenes Hühnchen, klatscht zwischen uns auf und rast in atemberaubendem Zickzack weiter. Bei diesen aberwitzigen Fallgeschwindigkeiten würden unsere Helme glatt durchschlagen. Der Stein käme zum Unterkiefer wieder heraus. Oder er bleibt in der Speiseröhre stecken. Nein, nicht nachdenken! Wieso sind wir überhaupt eingestiegen? Jetzt sind wir Gefangene, Geiseln eines ballistischen Lotteriespiels. Wir hätten nicht gehen dürfen, ich werde es mir nie verzeihen. Wir sind zwei Insekten auf der Flucht vor der Abrißbirne.
Endlich erreichen wir die Höhe, in der wir nach links in den zentralen Teil des Eisfelds queren können, wo kein Steinschlag herrscht. Endlich. Das Eis ist spröde, also sichern wir einzeln. Martin quert nach links, ein Stein, Glück gehabt. Knapp links von mir klatscht noch einer auf, so groß wie eine Pizza . „This is not funny!", sagt der kleine Thai, als Indiana Jones ihn beim Pokern bescheißt, und genau das denke ich jetzt auch. This is not funny. Ich schließe die Augen. Bitte nicht. Martin hat Stand. Ich komme nach. Ich erreiche den Snarg, den er als Zwischensicherung gesetzt hat. Soll ich ihn steckenlassen? Es wäre schneller. Lieber nicht, wir haben nicht so viele. Ich möchte schreien vor Angst. Mit rasendem Herzschlag pickle ich den Snarg heraus, weiter zu Martin und schnell noch fünfzig Meter weiter nach links. Stand. Ich bin in Sicherheit, und Martin müste dort, wo er steht, eigentlich auch schon außer Gefahr sein. Ich nehme meinen Rucksack ab, doch Martin ermahnt mich zur Eile, will, dass ich ihn sofort herüberhole. Sekunden später schlägt eine wahre Schrotladung links und rechts von ihm ein. Schnee spritzt auf, als wäre es Pulverdampf. Es ist kaum zu glauben, aber ihm ist tatsächlich nichts passiert. Er

kommt zu mir, wir haben es geschafft. Wir sind dem Sensenmann aus der Pfanne gesprungen. Wie oft kann man soviel Glück haben? Verdient haben wir es eigentlich nicht.

Die Kletterei wird nun gleichförmig, fünfzig bis sechzig Grad steiler weicher Schnee. Jetzt können wir diesen großartigen Tiefblick zum Wandfuß und die Sicht hinaus aufs Mer de Glace endlich genießen. Martin hat einen kurzen Durchhänger, also führe ich. Die Snargs halten nichts in dem Matsch. Als Martin meinen Stand übernimmt, ziehe ich meinen Lieblingssnarg mit einem Finger heraus und stecke einen anderen hinein. Martin lacht. Langsam spulen wir Länge um Länge ab. Wir sind zu müde, um wieder gleichzeitig zu gehen.

Das Wetter sieht nicht mehr besonders gut aus. Dunkle Wolken umarmen die benachbarten Gipfel, Wind kommt auf. Es beginnt zu schneien. Ich beziehe den letzten Stand vor dem kombinierten Gelände, das auf den Grat leitet. Es schneit immer heftiger. Ich sehe Martin erst, als er auf fünfzehn Meter heran ist. Heute wird uns aber auch nichts geschenkt. Ich esse meine letzten Erdnüsse. Während ich in ein Hungerloch falle, hat er seine Schwächeperiode überwunden und beginnt die nächste Länge. Mit seinem Einverständnis gebe ich viel Seil im voraus, weil ich meine Überhose anziehen und vorher noch in diesem Sauwetter scheißen muss. Drüben an der Droites oder irgendwo dort in der Nähe rumpelt ein Gewitter. Mit tausend Reißverschlüssen und meiner Notdurft beschäftigt, würdige ich Martins Vorstieg mit kaum einem Blick. Als ich folge, bin ich tief beeindruckt, denn die Länge, die er mit zehn bis zwanzig Meter Seildurchhang geführt hat, ist gut Schottisch Fünf. Dann kommen wir auf den Grat, sind aus der Wand draußen. Das Wetter beruhigt sich und gönnt uns phantastische, tiefe Blicke nach beiden Seiten hinunter. Kurz sehen wir auch die Leschaux-

Hütte wieder, die jetzt bald tausendachthundert Meter tiefer liegt, und den endlosen Wurm des Mer de Glace, des zweitlängsten Gletschers von Europa. Der unschwierige, verschneite und stellenweise messerscharfe Grat macht riesigen Spaß - der beste Teil der Tour. Martin führt den Rest bis nach oben.

Am Gipfel scheint die Sonne, und wir erkennen den Ausstieg vom Walkerpfeiler wieder. Wir fallen uns in die Arme. Ich habe Tränen in den Augen. Vor zwei Jahren waren wir schonmal hier. Und heute wären wir fast krepiert.

Die Sonne steht schon tief, es riecht nach Biwak. Einen Kocher haben wir dabei, aber bereits kurz nach dem Aufbruch fiel Martin ein, dass er das Feuerzeug vergessen hat. Lieber nicht dran denken. Wieso verflucht nochmal sind wir eigentlich so langsam? Normalerweise biwakiert kein Mensch bei dieser Tour. Weiter! Je tiefer wir biwakieren, desto wärmer ist es. Theoretisch 0,66°C pro hundert Meter. Und vielleicht schaffen wir es ja auch noch bis zur Hütte. Weiter unten kürzen wir durch den Gletscherbruch ab, der jetzt im Frühling besser begehbar ist als die tief verschneiten Begrenzungsfelsen. Es dämmert. Nach ein paar wilden Sprüngen abwärts über Gletscherspalten wird es dunkel. Weitergehen ist zu gefährlich, auch mit Lampe. Wir setzen uns auf die Rucksäcke.

„Das Feuerzeug!!!"

Martin hat es doch noch in irgendeiner Tasche gefunden. Wir springen auf und tanzen und jubeln. Jetzt werden wir keine Erfrierungen bekommen. Wir schmelzen Schnee und trinken lauwarmen Pfefferminztee mit viel Zucker. Dann packen wir die Rettungsdecke aus, die wir uns teilen. Aber vergebens, die Folie ist zu kurz. Es zieht überall herein. Martin hat die Idee: „Einer nimmt die Decke alleine, und der andere steht solange."

So verbringen wir jeder die halbe Nacht im Stehen. Ich war

schon immer der Ansicht, dass das Leben bei weitem interessanter, abwechslungsreicher und viel merkwürdiger ist als Kino. Ich stehe auf einem Gletscher im sonnigen Italien und friere. Ich habe es schon vor Jahren aufgegeben nachzudenken, warum ich in die Berge gehe. Mich zieht an, was ich nicht verstehe. Um den Kreislauf in Gang zu halten, gehe ich auf und ab. Wie im Gefängnis. Währenddessen hat es aufgeklart, und der Sternenhimmel ist so schön und weit wie selten. Was für ein merkwürdiger Film.

Vor einem Jahr war ich auf einer Expedition in Pakistan und spürte, wusste, daß ich mindestens ein Jahr mit dem Bergsteigen aussetzen würde. Und schon im Winter war ich wieder hier. Und jetzt das. Ich stehe mitten in der Nacht im Schnee, weil es zum Sitzen zu kalt ist. Doch was soll's - ein bißchen Pech im Steinschlag, und wir wären jetzt selbst so kalt wie der Schnee.

Als es dämmert, machen wir uns noch einen Tee und stapfen weiter. Ohne große Schwierigkeiten finden wir den weiteren Weg durch den Gletscherbruch und erreichen am späten Vormittag das italienische Val Veni. Wir haben zwei Nächte so gut wie nicht geschlafen. Es ist heiß. Wir legen uns neben die Straße und ich halte den Daumen raus, wenn ein Auto kommt. Martin schläft tief und fest. Dann nimmt uns jemand mit bis kurz vor die Einfahrt in den Montblanctunnel. Auf der Begrenzungsmauer am Straßenrand bleiben wir erschöpft in der sengenden Hitze liegen. Ein Dreißigtonner nach dem anderen donnert vorbei. Es stinkt nach Gummi und Bremsbelägen. Wir ziehen Stiefel und Strümpfe aus und wickeln die stinkenden, klebrigen Unterhemden als Sonnenschutz um die Köpfe. So liegen wir neben der Straße, zwei unrasierte Vogelscheuchen in einem Haufen aus Rucksäcken, Kleidung und Bergausrüstung. Wer uns mitnimmt, ist selbst schuld.

Nach über einer Stunde führt uns das Schicksal den gleichen Wagen herauf, der uns schon bis hierher mitgenommen hatte. Er hält erneut und nimmt uns durch den Tunnel mit nach Chamonix. Geschafft.
Die Sonne scheint, und uns knurrt der Magen. Beim Bäcker gibt's Croissants. Man kann Kaffee bestellen. Im Supermarkt gibt es Äpfel, Schokolade, Käse, Wurst, Bier und weiß der Teufel nicht alles. Die Frauen tragen kurze Röcke. Das Wetter ist schön, der Himmel ist blau, und es dauert gar nicht lange, da sind wir es auch. Zwei Tage erfüllten Nichtstuns folgen.
Es ist so schön, noch zu leben.

(Für Victor)

aus „Kopf in der Wand"
Panico Alpinverlag, 1993

Mickymaus mit Mundgeruch
Plaisir = Konsum

Erstaunlich: eines der leidigsten und eigentlich langweiligsten alpinen Themen ist tatsächlich wieder in der Diskussion - Bohrhaken. Gestöhnt haben wir sicher alle schon, aber immerhin: Im Bergsport macht man sich solche Gedanken noch. Wer sich aufregt, ist nicht abgestumpft.
Anlass für die Neuauflage der Bohrhakendiskussion waren umstrittene Sanierungen und die Furcht, die betreffenden Routen würden zu Plaisirtouren degradiert. Dieser Routentyp ist der eigentliche Hintergrund der neuen Debatte und drückt eine ganz neue Einstellung zum Berg aus. Plaisirtouren sind verzehrfertig für den Verbraucher eingerichtet: Stände und sämtliche Zwischensicherungen sind gebohrt, unabhängig davon, ob man da etwas mit Keilen machen kann oder nicht. Es gibt Erstbegeher, die möglichst gruselige Routen hinterlassen, damit sie ja keiner wiederholt, jetzt gibt es Erschließer, die Routen einbohren, um möglichst viele Kletterführer zu verkaufen. Auch ein Novum.
Die Frage kann nicht lauten, ob der Ausdruck 'Konsum' hier zutrifft, sie kann höchstens lauten, ob es überhaupt so schlimm ist. Klären wir zunächst den Begriff. 'Konsum' ist ein Freizeitverhalten, das mit geringer Eigeninitiative und größtmöglicher Erwartungssicherheit Lustgewinn bringt. Fußballkucken, ein Bier in der Hand, die Füße auf dem Couchtisch - das ist Konsum (und daran ist auch nichts verwerflich). In einen Klettergarten fahren und in fertig eingerichteten Routen die Bohrhaken und Umlenker benutzen, ist genauso Konsum. Der

Unterschied zum Fußballkucken besteht im wesentlichen nur darin, daß man selber Sport treibt. Dazu braucht man im Grunde keinerlei Erfahrung oder spezielles Können, was über die Bewegung am Fels hinausgeht. Geringe Intensität und wenig Ehrgeiz vorausgestzt, ist das ist eigentlich längst eine Funsportart. Damit keine Missverständnisse aufkommen: ich verbringe meine Zeit gern im Klettergarten, und während einer Fußball-WM „...gehe ich nicht aus dem Haus. Außer es brennt", wie Umberto Eco schon sagte. Ich brauche nicht erst von mir auf andere schließen, wenn ich sage: wir sind alle Konsumenten. Seien wir ehrlich.

In Plaisirtouren wird nun auch alpiner Fels zum Konsumgut. Jürg von Känel, Schweizer Protagonist dieser Entwicklung, bohrt auch Klemmkeilrisse im fünften Grad ein. Für jemand, der im fünften Grad an der Sturzgrenze klettert, sei das Legen von Klemmkeilen hier nicht zumutbar. Klarer kann man die Betrachtungsweise von Fels als Konsumgut nicht ausdrücken. Weil hier ein Anspruch auf Erlebnis (ungefährliche Machbarkeit der Route) erhoben wird.

Wer eine Skitour plant, dem ist es zuzumuten, die Tour wegen Lawinengefahr abzubrechen. Wer eine Hochtour unternimmt, kann schlecht zum Fremdenverkehrsamt gehen und sagen: „Hören Sie, der Gletscher hat Spalten! Ich fände das ohne Spalten besser."

Wenn aber einer in Disneyland Eintritt zahlt, sich mit Mickymaus fotografieren lassen will und Mickymaus stinkt aus dem Mund, weil der Statist Zwiebeln und Knoblauch gegessen hat - dann kann der Besucher mit Fug und Recht sagen: Zumutung! Wenn man ins Kino geht, Eintritt zahlt, und der Film ist Mist, dann darf man sich beschweren: Zumutung! Und - hat nicht jeder schon mal jemand im Klettergarten krakelen hören, die

Route, die er gerade probiert, sei völlig schwachsinnig eingebohrt... mit dem Unterton: das ist eine Zumutung!
Das ist der Unterschied: bei Konsum erhebe ich Anspruch („Den hätte er reinmachen müssen!"), bleibe selbst aber eigentlich passiv („Naja, sie haben ja noch die zweite Halbzeit"), beim Natursport nehme ich die Natur, wie sie ist, richte mich nach ihr - und stelle keine Ansprüche. In den Klettergärten hat sich längst ein subtile verbale Präzisierung vollzogen. Von „Freiklettern", dem Klettern ohne künstliche Hilfsmittel, kann man schlecht sprechen, wenn man tage- und wochenlang in Haken hängt, um die Tour dann einmal in fünf oder zehn Minuten ohne Haken durchzusteigen. Da hätte man bei einer technischen Begehung weniger künstliche Hilfsmittel eingesetzt, nur eben auch eine geringere sportliche Leistung vollbracht. Das ist nicht als Verunglimpfung gemeint. Aber das heißt ja eben auch längst „Sportklettern" und nicht „Freiklettern". Das ist jetzt vielleicht etwas spitzfindig, aber man sollte die Dinge immer beim Namen nennen und sie als das betrachten, was sie sind. Alexander Huber hat recht, wenn er den Erschließern von Plaisirrouten die gleiche Freiheit zugesteht wie den Erschließern von Gruseltouren. Jeder darf erschließen, wie er will, und dabei muss es bleiben. Aber eine Alpintour, bei der ich neben Sanduhren und Klemmkeilrissen Bohrhaken klinke, ist ein senkrechter Konsumparcours und wird auch nie etwas anderes sein. Und dass Konsumtouren häufig wiederholt werden, gibt kein Argument zu ihren Gunsten her. Die Bild-Zeitung wird auch häufiger gelesen als die „Süddeutsche" und ist deswegen nicht unbedingt wertvoller.
Ob die Existenz solcher Konsumtouren überhaupt schlimm ist oder vielleicht ganz wunderbar, darüber kann man sich streiten. Man kann andere Touren klettern. Aber man kann nicht

bestreiten, dass das Plaisirphänomen mit seinem Backpulveranspruch „lecker, locker, leicht zu löffeln" ein Ausdruck modernen Konsumverhaltens ist. Und was bei Sanierungen so angstvoll und beschämt befürchtet wird, ist: dass die klassischen Routen unserer Vorgänger durch ein Zuviel des Guten in das gleiche Mickymauskostüm gesteckt werden. Dagegen ist der Konsens breit genug, dass es wohl nicht zu befürchten steht. Routensanieren ist allerdings harte Arbeit, und wer arbeitet, macht Fehler. So kommt auch mal ein Bohrhaken zuviel in den Fels - das darf kein Grund sein, immer gleich auf die Sanierer einzuprügeln. Bei absichtlicher Degradierung zu Konsumtouren können aber auch Flexscheiben eine Antwort sein.

Bei aller Polemik sei eins nicht vergessen: der Feind steht bzw. sitzt in Brüsseler Büros und entwickelt Richtlinien, uns die Freiheit des Kletterns und Bergsteigens zu beschneiden. Dabei geht es vor allem um ökologische (oft: öko-verlogene) Aspekte, und ökologisch ist das bisschen Blech im Fels vollkommen unbedenklich. Unter anderen Aspekten nicht.

Mitteilungen des Deutschen Alpenvereins, 1998

Delphine nach Bosnien
Umweltschutz oder Volksverdummung?

Ein Bosnier in New York bestellte eine Thunfischpizza. „Wusstest Du nicht", fragte ihn der Kellner, „dass in den Treibnetzen, mit denen die Thunfische gejagt werden, auch Delphine umkommen? Willst Du nicht vielleicht lieber eine andere Pizza?"
„Aha", dachte der Bosnier, „die PR-Abteilung der Delphine scheint besser zu funktionieren als die von den Thunfischen."
Warum sollte man, dieser Gedanke drängt sich auf, mit etwas Tierschutz-PR nicht genauso den Krieg in Bosnien stoppen können wie eine Pizzabestellung in Amerika - einen Schützengraben vor Sarajevo fluten, zwei Delphine drin aussetzen und die Senderechte an CNN verkaufen. Vielleicht würden es die Delphine ja sogar für eine Weile überleben. Aller Wahrscheinlichkeit nach würde jedenfalls keine der kriegführenden Parteien an diesem Frontabschnitt weiterkämpfen, denn wer einem unschuldigen Delphin eine Flosse verstümmelt, hätte es auf ewig mit der Weltöffentlichkeit verdorben. Und zu Weihnachten der Quotenhit, wenn amerikanische Spezialeinheiten den Delphinen einen Fluchtweg ins Mittelmeer freibomben.
Auch die deutschen Vogelschützer, gestählt durch erfolgreiche Gefechte um hiesige Klettergebiete, erspähen ihre Chance. Sie setzen ein Exemplar des sagenhaft seltenen einäugigen Sumpfdotterfalken im Sperrfeuer vor Sarajevo aus. Dieser Vogel ist so selten, dass er extra für diese Veranstaltung erfunden wurde. Um so wahrscheinlicher, dass er durch eine feindliche Kugel ausgerottet wird. Der Luftraum über Bosnien wird zum letzten Rück-

zugsgebiet des Sumpfdotterfalken erklärt, obwohl man dort noch nie einen gesehen hat: Es kann ja sein, dass er irgendwann mal kommt. Die Sperrung wegen Falken, die dort gar nicht nisten, wird in Deutschland ja erfolgreich praktiziert.

Pflanzenschützer setzen das legendäre Fränkische Habichtskraut, berühmt seit den Sperrungen im Donautal, auf zerbombten Bunkern aus und erklären die Ruinen zum Öko-Sperrgebiet: Beschießen verboten (Betreten auch). Wie aus gut unterrichteten Kreisen verlautet, hofft die Initiative „Kräuter für den Frieden" auf einen Giftgasangriff zur besten Sendezeit. Die Spendennummer wird eingeblendet.

Noch fehlt jedoch ein weltweit anerkannter Verband zu Vermarktung von Kriegsereignissen und Naturkatastrophen nach Vorbild der FIFA oder des IOC. RTL soll allerdings der UNO bereits zehn Prozent der Werbeeinnahmen fürs Weltkinderhilfswerk zugesagt haben.

Satire hin, Sarkasmus her: an Absurditäten im Namen des Umweltschutzes herrscht hierzulande leider kein Mangel. Fast jeder Kletterer in Deutschland kennt hanebüchene Fälle aus seiner eigenen Umgebung. Das schönste, weil bekloppteste Beispiel: im Altmühltal ist an Felsen, die wenige Meter neben dem Betonkanal liegen, aus ökologischen Gründen das Klettern verboten.

Der Schwäbische Albverein forderte ein Radfahrverbot auf Feldwegen. Zwischen Mähdrescher links und gespritzten Obstbäumen rechts nicht mehr radfahren wegen der Umwelt: wieviele Schrauben sind da eigentlich locker?

Ich schlage ein Verbot von Fliegenpatschen vor und freue mich schon auf die Unterschriftensammlung „Helmpflicht für Langhaardackel". Warum haben Hamsterkäfige keinen Seitenaufprallschutz? Wo bleibt die Pflegeversicherung für Blindenhunde?

Umwelt- und damit auch Artenschutz ist das Problem sowohl des ausgehenden als auch des nächsten Jahrhunderts. Warum, das weiß jedes Kind. Aber wer einen Naturschutz betreibt, wie er in deutschen Klettergebieten zur Mode wird, der macht sich schuldig, ihn ins Lächerliche zu ziehen.

Magazin Klettern, 1992

Captain Igloo!
Fragmentarische Trilogie mit langen Überschriften

Captain Igloo! and me. Und die nächtlichen
Begierden sowie ein Titel, der fast so lang
ist wie das ganze so hochzweifelhafte Gedicht

It's Captain Igloo! and me!
The seven seas we sailed,
though danger was frequent
yet never we failed!

Such ist the talent
we are gifted with.
We are so fearless,
we are just untrue -
it's Captain Igloo! and me!

But when we go out to town,
we don't miss the sea!
Von die Biere so bright
und die Augen so weit

nach dem konkreten Objekt der Begierde:
Mädchen, die der Nacht zur Zierde
in die Kneipen gehen,
wo Igloo! and me
schon warten und stehen
und suchen und sehen.

Über Geschmack mag man streiten,
Augenfarbe, Oberweiten -
den Streit, den lassen wir andern
und lassen die Blicke wandern.

Der eine ist Igloo! the other one me.
Und Igloo's Hand hungrig schon greift
Nach 'nem konkreten Objekt der Begierde!
Ach!, und mein Blick zaudernd noch schweift.

*Captain Igloo! und das Geheimnis des Schachklubs
sowie die Frage der Silbenzahl und ferner ein Titel, der so lang ist wie
das ganze lausige Sonett*

Rätselratend grübeln tapfre Matrosen,
die doch so lang schon segeln mit dem Käpt'n:
was für Lotsen es wohl war'n, die ihn schleppten
in einen Schachklub, wo kein Meerestosen?

Welch Pirat ist er - auch unter den Großen
stets der Kühnsten einer, die jemals lebten!
Ob ihm nun Mut und Tatendurst verebbten
und er jetzt ablegt die Verführerhosen?

O Matrosen, ihr versteht nichts vom Schachspiel!
von jenem Trick bekommt niemals er zuviel
und so wird sein Spieltrieb niemals erlahmen:
Doch ich hatte Glück und konnte ihm lauschen -
denn nur beim Schachspiel, da darf man so tauschen:
alte Bauern gegen ganz neue Damen.

Der Trilogie nun tritter Teil:
Käpt'n Igloo und das Geheimnis des golden Fischstäbchens

Käpt'n Igloo, guter Dinge,
setzt an die Packung seine Klinge
und holt heraus den Seelachsfisch,
welcher eckig und dank Kühling frisch.

Und also in der Pfanne bräunt sich
das Tiefkühltier für zwei Mark neunzig,
ja, Igloo brät es auf die rechte Art:
außen knusprig, innen zart.

Vorbei die Zeiten, verflogen die Jahre.
Da Igloo noch glaubte,
der einzig schmackhafte Fisch und der wahre
sei nur der selbst den Meeren geraubte –
bei tosenden Wellen
(mit langsam'n und schnellen)

(das Versprechen des Fragmentarischen sei hiermit eingelöst)

für Wolle Ritter (and me),
Freiburg, Sommer 1994

In lustige Höhen
Eine Besteigung des Freiburger Münsters

„Du warst schon mal auf dem Münster, sagt Erhard", fing Franz ein neues Thema an.
„Ja, schon ein paar Mal."
„Ich war noch nie oben, aber ich will unbedingt einmal aufs Münster."
„Sicher", bestätigte Antonio, „das ist immer wieder gut. Ein irrer Gipfel vor allem."
„Wo geht man denn da hoch? Ich meine, ganz oben ist ja wohl einfach, aber wo steigt man ein?"
„Du mußt erst warten, bis das Licht ausgeht. Das ist meistens so um halb zwei oder zwei Uhr nachts."
„Ja, so gegen halb zwei. Ich habe ein paar Mal beobachtet, ab wann es aus war. Das war immer so etwa halb zwei."
„Ja, dann steigt man über den Zaun und geht im Baugerüst hoch, da ist ja immer ein Gerüst wegen der Restauration. Ist total einfach. Wichtig ist nur am Zaun, dass Dich da niemand sieht."
„Und ein Seil? Braucht man ein Seil?" Aus Franz` Gesprächen mit Heinrich war klar hervorgegangen, dass er kein Anfänger war.
„Kein Seil. Braucht man nicht. Es ist schon sehr hoch, Du weißt, aber es ist einfach. Immer gute Griffe."
„Und nach dem Gerüst?"
„Da ist es erst ein Stück waagerecht, dann muss man ein bisschen klettern. Das ist das schwierigste Stück. Aber das ist das Beste. Man klettert an einer Statue hoch, Du nimmst erst den

Fuß als Griff, dann den Ellbogen und nachher die Nase."
„Die Nase? Du hältst Dich an der Nase fest?"
„Ja, an der Nase! Man kann einen besseren Griff nehmen, aber die Nase - das finde ich so lustig."
„An der Nase!" wiederholte Franz und verspürte große Lust, es gleich auszuprobieren.
„Ein paar Meter höher kommt eine Treppe, und dann bist Du oben auf der Plattform. Und oben, der Rest am Turm ist wieder einfach."
„Und ganz oben? Da ist doch ein Überhang."
„Der ist ganz einfach. Du hast ganz viel Luft - wie sagt man? - unterm Arsch, aber die Griffe sind alle ganz groß."
Franz leerte enthusiastisch sein Glas und sagte zu Antonio: „Wie ist es? Vamos?" und machte mit dem Kopf eine Bewegung Richtung Tür.
„Jetzt?2
„Ja. Erstmal in die Schaukel. Kennst Du das?2
„Nein ..."
„Das ist eine Discothek. Wir müssen ja noch warten, bis das Licht ausgeht. Ich lade Dich ein."
„Aber es ist ziemlich kalt, weißt Du", wehrte sich Antonio.
„Aber wir kriegen nicht so kalte Finger. Wegen dem Alkohol, der erweitert die Blutgefäße, außerdem", fügte Franz, der sich mit Antonio bereits über den spanisch-baskischen und den deutsch-bayerischen Gegensatz ausgetauscht hatte, taktisch klug hinzu, „Ihr Basken seid doch die Bayern Spaniens, oder nicht?"
Antonio grinste, Baske sein war seine schwache Stelle. „Also gut - vamos! Aber ... wir gehören nicht zu Spanien, gar nicht."
Eineinhalb Stunden später verließen sie die nur drei Minuten vom Münsterplatz entfernte „Schaukel" wieder. Sie waren, wie

Franz es nannte, sternhagelvoll. Als sie das Münster erblickten sagte Antonio: „Ich bin schon ziemlich betrunken, weißt Du."
„Besoffen, Antonio, das heißt besoffen."
„Richtig, das war die richtige Wort: besoffen ... weißt Du, es ist so, wenn ich ein bisschen getrunken habe, wird mein Deutsch viel besser. Aber nach eine ... bestimmte Menge - da wird es viel schlechter."
„Meins auch", bestätigte Franz grüblerisch nickend, „geht mir genauso."
Sich dem imposant in den Sternenhimmel ragenden Kirchturm nähernd, behielten sie ihr Ziel, den Gipfel in den Augen und gingen mit dem Blick nach oben über das grobe Kopfsteinpflaster.
„Ich bin wirklich besoffen, ehrlich", fing Antonio erneut an.
„Ach, das geht schon. Du sagst doch selbst, es ist nicht schwer."
Antonio gab keine Antwort, und im nächsten Augenblick war Franz gegen einen der Sandsteinpoller gelaufen. Er fluchte vor Schmerzen, hatte es aber verhindern können, der Länge nach auf den Boden zu schlagen.
„Kruzifix!!!" Er hielt den schmerzenden linken Fuß in beiden Händen. „Das geht schon, Antonio." Antonio fügte sich, er wollte die Abmachung nicht brechen, nur weil er sich zu betrunken fühlte, um jetzt noch bei der herrschenden Kälte einen Kirchturm zu besteigen. Außerdem hatte ihm Franz alle Getränke in der Schaukel bezahlt, und es gibt Menschen, die sich durch so etwas verpflichtet fühlen. Der Bayer übernahm die Führung vor dem zaudernden Basken. „Da vorne über den Zaun, hattest Du gesagt", wisperte er und überwand geräuschvoll den Zaun, der das Baugerüst für die Restaurationsarbeiten vom umliegenden Münsterplatz trennte. Die Beschreibung des nächsten Schrittes brauchte er nicht, denn der war offensicht-

lich: um das nochmals von einem dichten Lattenzaun abgeschirmte Gerüst selbst zu erreichen, musste man nach einem Untergriffquergang an einer Verschalung ein Stück den Spalt zwischen Lattenzaun und Kirchenmauer hinaufpiazen, die Oberkante des Zauns greifen und sich mit einem Klimmzug hinauf und hinüber ins Gerüst wuchten. Als er im Gerüst war, duckte er sich, um dem hier noch sehr hellen Licht der Straßenlaterne zu entgehen. Er konnte niemanden sehen und gab Antonio ein Zeichen. Antonio riss bei dem Untergriffquergang eine Latte aus der Verschalung und fiel krachend auf einen Bretterhaufen. „Me cago en la hostia, joder puta!!!" Auf einmal war er fast nüchtern, schüttelte sich wie ein nasser Hund und kletterte mit eleganten, sicheren Zügen zu Franz. „Me cago den diez", flüsterte er, „das war aber laut, eh?"

Franz war bereits bei der ersten von den Leitern, die von Etage zu Etage das ganze Gerüst hinaufführten. Die Anspannung, etwas Verbotenes zu tun, weckte und forderte ihre Konzentration; der trübende Einfluss des Alkohols wurde stark zurückgedrängt. Eilig, konzentriert und heftig atmend stiegen sie die Leitern empor, bis sie die Höhe des Gerüstes erreichten, die eben zu dem offenen Gang war, der am Dachansatz um das Schiff herumlief. „So einfach war das noch nie mit dem Gerüst", dachte Antonio, aber es war ihm momentan zu schwierig, diese Feststellung auf deutsch zum Ausdruck zu bringen. Den Gang verfolgten sie nach rechts bis zum Ansatz des Kirchturms, wo er endete.

„Da oben ist die Figur!" sagte Antonio. Er stieg auf das morsche, hüfthohe Geländer des Gangs. Von dort spreizte er hinüber auf die Blechverkleidung am Rand der Dachziegel und piazte die Kante eines kleinen Pfeilers an. Dann ging es auf dem Blechstreifen aufwärts und um die Ecke, die Hände am gut bleistiftdicken Draht des Blitzableiters. Ab hier durfte man nicht mehr fallen, bis man die Wendeltreppe erreichte. Wie er Franz versprochen hatte, kam nach einigen Metern der Fuß einer Statue, ihr Ellbogen, ihre Nase und ein kleiner Überhang, der die Figur überdachte. Antonio lehnte sich, die rechte Hand an der besagten Nase, rückwärts hinaus, spreizte mit dem linken Fuß hinaus und trat mit rechts nach. Die Linke faßte den Blitzableiter, der etwa alle zwei Handspannen mit Dübeln im Sandstein befestigt war. Mit der Rechten wollte er schwungvoll den Auflagepunkt am nächsthöheren Dübel greifen, griff zu hoch und erwischte den Blitzableiter einen Abschnitt höher als geplant. „Me cago en diez!" Nachdem er den Schrecken überwunden hatte, schaute er nach unten und genoss die Ausgesetztheit. Franz erreichte gerade den Fuß der Statue und verharrte kurz, die linke Hand zum Aufwärmen unter die rechte Achselhöhle geschoben. Antonio kletterte die nächsten Meter bis zum Sims am Beginn der Wendeltreppe, die in einem senkrechten, engen Turm verlief, und wartete auf Franz. Die Situation, auf keinen Fall stürzen zu dürfen, hatte ihn ebenso wie den etwas weniger betrunkenen Bayern vereinnahmt, und ihre Köpfe waren jetzt fast so klar wie bei vollkommener Nüchternheit. Antonio war erleichtert, dass die leichte Übelkeit, die ihn bereits überkommen hatte, wieder abnahm.

Abwechselnd hielt er sich mit einer Hand fest und wärmte die andere, indem er sie unter dem Hemdkragen an den Hals legte. Franz holte ihn ein und sagte: „Saugut, Mann. Total steil. Hast Du auch so kalte Finger?"

„Es geht schon", erwiderte Antonio.

Statt gleich durch eine der vielen Fensteröffnungen in den Wendeltreppenschacht einzudringen, stieg Antonio aus Freude an der Steilheit die gesamte Wendeltreppe außen hoch, eine technisch nicht sehr schwierige, aber athletische Kletterei. Die Griffabstände waren weit und die dreißig Meter waren immer genau senkrecht.

Franz ging innen die Treppe etwa so schnell hinauf wie Antonio außen. Auf der mittleren Plattform machten sie nicht halt, sondern gingen direkt wieder nach oben zum obersten Rundgang unter dem letzten, sich verjüngenden Abschnitt des Kirchturms. Hier musste Antonio die Senkrechte verlassen und die Treppe auf ihren letzten Stufen benutzen.

Langsam wanderten sie den Rundgang entlang, um den Ausblick zu genießen, der fünfzig Meter weiter oben noch viel besser sein musste. Franz war begeistert, aber Antonio fühlte sich nach wenigen Minuten sehr schlecht. Einmal wieder auf horizontalem Boden, fiel die Anspannung von ihm ab, die vorher die Wirkung des Alkohols beiseite schob, und er war wieder so betrunken wie unten, als er das Brett abgerissen hatte. Er führte Franz zu jener Strebe des Turmhelms, an der kurze Sprossen angebracht waren, eigens um den Aufstieg für eventuelle Arbeiten zur Spitze zu erleichtern. „Hier geht man hoch. Aber mir ist schlecht. Ich warte hier."

„Kommst Du wirklich nicht mehr mit nach ganz oben?"

„Nein. Mir ist schlecht, tut mir leid."

„Ist es wirklich nicht mehr schwer?"

„Nein. Viel Luft oben, sehr viel Luft. Aber nicht schwer."

„OK, Du wartest hier?"

„Ja. Es gibt kein Problem. Ich warte hier."

Franz schlug ihm auf die Schulter und begann die letzten fünfzig Meter. Er, der von Kindesbeinen an kletterte, stieg zügig über die durchbrochenen Rosetten auf und erfuhr eine ungewöhnliche Ausgesetztheit, da er durch die Rosetten auf den Boden der letzten Plattform und auch durch die gegenüberlie-

gende Innenseite des Turms hindurchblicken konnte. Es war wie auf einer Leiter in den Himmel. Mit zunehmender Höhe verjüngte sich der Turm, und er war gezwungen, mehr und mehr und dann ausschließlich die Eisensprossen zu benutzen, da es zwischen den immer enger aneinanderlaufenden Hauptstreben keine Rosetten mehr gab. Die Eisen waren kalt, aber da man überall sicher stehen konnte, war es kein Problem, nach jeweils ein paar Metern eine Hand zu lösen und am Hals oder unter der Achselhöhle zu wärmen. Die Streben vereinigten sich schließlich in einem Punkt. Der Turm war hier nur einen knappen Meter dick. Eine lange Sprosse ragte waagerecht hinaus, die man als Tritt benötigte, um den folgenden Überhang zu überwinden. Auf dem Vereinigungspunkt der Streben saß ein quadratisches Stück Sandstein von etwa zwei Meter Kantenlänge, von welchem jede Ecke eine verschnörkelte Rosette bildete. Zwischen den Rosetten war ein nach außen offener, breiter Durchschlupf. Die filigrane Konstruktion wurde mit Eisenstäben zusammengehalten. Die Eckpunkte waren von großen Schellen umfaßt, die nach unten von vier Streben gestützt wurden, welche an einem Ring zusammenkamen, der die dünne Stelle oberhalb der Sproße umschloss. Nach oben hin war die Konstruktion spiegelsymmetrisch, der entsprechende Ring saß unterhalb einer Metallkugel. Auf dieser kleinen Plattform standen die zwei letzten Meter des Turms - ein Stück Säule, die Metallkugel und senkrecht auf ihr ein drehbarer Metallstern, die Wetterfahne.
Antonio schaute derweil nicht nach oben, sondern hinaus auf die Stadt. Es fiel ihm deutlich auf, dass sich dem Ausblick nicht ein einziges Gebäude in den Weg stellte, da alles andere so viel niedriger schon als dieser Rundgang war, auf dem er sich befand. „Erhard hat gesagt, dass es hier ein Gesetz gibt, dass

kein Haus höher sein darf als das Kirchenschiff", dachte er, „Damit das Stadtbild nicht gestört wird. Und dass sie das Kaufhaus hier vorne unbedingt doch höher machen wollten. Aber sie durften nicht. Deswegen haben wir hier einen so tollen Ausblick. Und alles nur für uns! Wenn die das wüssten."
Franz hatte an zwei der Eisenverstrebungen hinaufgegriffen, die unter der Wetterfahne zusammenliefen. Er streckte das rechte Bein, mit dem er auf der Sprosse stand, durch und wurstelte sich zwischen den Rosetten hinauf. Er setzte sich hin und hielt es für einen der großartigsten Momente, die er seit langem erlebt hatte. Es war ein Triumph, zu den ganz wenigen zu gehören, die den verbotenen höchsten Punkt der Stadt betreten durften - sie erlaubten es sich selbst. Über der Wetterfahne, die, wenn man stand, nur etwas über Kopfhöhe hing, gab es nichts mehr, nur Luft und Sterne, am Tag Luft und Vögel. Man sah kaum noch ein einziges Auto fahren. Die unbelebten Straßen leuchteten im nutzlosen Licht der Straßenlaternen wie kurvige Landebahnen oder futuristische Alleen aus Neonlaternen statt Kastanien. Von unten hörte er, wie Antonio sich über das Geländer übergab und das Erbrochene leise irgendwo hinunterkleckerte. Dann stieg er wieder ab.

aus „Strategie und Müßiggang"
Panico Alpinverlag, 1992

Die neue Dimension
Schlingenbiwak in der Droites-Nordwand

Am 12.7. klang der Züricher Telefon-Wetterbericht günstig, und Franz und Heinrich starteten Richtung Chamonix. Die Rucksäcke hatten sie bereits gepackt, so dass sie sich in Argentière nur noch umziehen und in die Seilbahn steigen mussten. Früh um sieben gestartet, erreichten sie Chamonix kurz vor zwölf. Der lokale Wetterbericht versprach Schauer für den Nachmittag und Beau Temps mit einigen Wolken für den nächsten Tag. Gegen 14 Uhr bestiegen sie in Argentière die Grand-Montets-Seilbahn. In etwa zwanzig Minuten würden sie die Gipfelstation erreichen, von der aus man den oberen Teil der Droites-Nordwand einsehen konnte. Im Vorjahr hatten ihre Freunde Christoph und Albert als erste Freiburger diese Wand durchstiegen, die in Gaston Rebuffats Gebrauchsanweisung für die hundert idealen Routen im Montblancmassiv an einschüchternder Nummer 99 stand. Einen Gutteil ihres Rufes verdankte sie dem Umstand, dass sie so gut wie keine Biwakmöglichkeiten bot. Christophs Begehung mit Albert hatte ihm zusammen mit seinem Erfolg am Eiger mit Antonio den unantastbaren Ruf als Freiburgs Nordwandmann Nummer Eins eingetragen. Jetzt zog Erhards, Antonios und Heinrichs Freund seit knapp einem Jahr den Aufenthalt in Südamerika der Fortsetzung seines Medizinstudiums vor und hatte einen schmeichelhaften Spitznamen bekommen: Christoph Kolumbus. Mit ihrem Biwak an der Droites hatten die beiden einen für ihren Freundeskreis neuen Maßstab an Härte gesetzt. Dem Mediziner war der Kocher hinuntergefallen, und die Erschöpften konnten sich vor der Nacht nicht stärken, die sie vor Kälte schnatternd überstanden. Für den zweiten Tag in der Wand waren ihnen nur etwas Schokolade und einige Nüsse übriggeblieben, die sie wegen des ungeheuren Durstes nicht einmal mehr zu essen imstande waren. Ihre Brühwürfel, Fünf-Minuten-Terrinen, etc. konnten sie nicht verzehren, da sie ohne Kocher keinen Schnee schmelzen und somit keinerlei Flüssigkeit produzieren konnten. Als sie wieder nach Hause kamen, hatte der schmale, sechzig Kilo leichte Christoph fünf Kilo abgenommen und war eine knappe Woche krank.

In diesen Gedanken verließen sie die Gipfelstation. Heinrich verfügte über mehr Erfahrung von beiden. Franz war ein paar Jahre älter, arbeitete als Gärtner und wollte es mit den großen Wänden endlich einmal wissen. Er hatte unter Ausnutzung all seiner Verbindungen das Auto besorgt und sich eigens für diese Tour eine Menge neuer Ausrüstung gekauft. Er war einen halben Kopf größer, breitschultrig und schien sehr ungeduldig, seine Eisgeräte endlich in Aktion zu setzen. „Dös Wandl!" sagte er beständig, „dös Wandl."

Sie stiegen die Treppen hinab in den kleinen Sattel, der zwischen dem kleinen felsigen Gipfel der Gands Montets mit der Seilbahnstation und der Petite Aiguille Verte liegt. Bei starkem Wind seilten sie sich für den Weg über den Gletscher an. Sie hofften, die Argentière-Hütte im Trockenen zu erreichen und ärgerten sich darüber, dass sie wegen der schlechten Sicht die Verhältnisse in ihrer Wand nicht studieren konnten. Nach zwei Stunden in zum Teil heftigen Regenschauern erreichten sie verbissen schweigend die Hütte. Sie war überfüllt von Bergsteigern, die für das angekündigte Beau Temps gekommen waren. „Du bist auch nicht mehr trocken, oder?" fragte Franz seinen Partner. „Patschnass, die ganze Scheiße!" knurrte Heinrich. Der

Inhalt ihrer Rucksäcke war ebenfalls feucht. Sie sahen sich damit bang vor die Entscheidung gestellt, ob sie mit feuchter Kleidung und nassem Schlafsack in eine Tour mit möglichem Biwak einsteigen sollten. Dies Problem löste sich jedoch von allein, da es noch die ganze Nacht regnete und sie vormittags - immer noch im Regen - wieder abstiegen.

Der folgende Tag sah sie erneut auf dem Weg zur Argentière-Hütte. Der Wetterbericht war der gleiche, und sie wurden auch wieder nass. Den Inhalt der Rucksäcke hatten sie diesmal in Plastiktüten verpackt und brachten ihn trocken ins Ziel. „Irgendwann sollte man sich doch mal nen Goretex zulegen, jeden Sommer die gleiche Scheiße", sagte Heinrich, als sie die Hütte betraten.

„Logo, und wenn Du erst Dein fünftes Auto verkaufst, hast Du soviel im Hafen gearbeitet, da reichts dann auch noch für ne Goretex-Hose", gab Franz vergnügt zurück. „Endlich fahre ich mal mit nem richtigen Kapitalisten klettern, mit einem Autohändler, einem Mercedes-Exporteur, man achte auf die Feinheiten! Und ich muss vom Ex-Freund meiner Ex-Mitbewohnerin diesen häßlichen alten Mitsubishi ausleihen."

„Wieso hässlich? Der Booster ist doch klasse! Und ... große Alpinisten sind halt meistens pleite, das ist nun mal so."

„Dann solltet Ihr vielleicht mehr Bergsteigen gehen, Antonio und Du. Eure Voraussetzungen sind einfach ideal - ach was, komplett unüberbietbar. Ihr würdet sicher schnell berühmt. Ganz sicher."

„Halts Maul, Mensch! Erinner mich bitte nicht an diese Autoscheiße. Ich bin froh, daß man von hier oben keine Autos sehen kann!"

Ihr Aufbruch sollte an einem seidenen Faden hängen. Um zwölf Uhr nachts wollten sie aufstehen, und es regnete noch immer. Dann standen sie abwechselnd jede volle Stunde auf und schauten nach dem Wetter. Wach lagen sie in den wollenen Decken, dicht nebeneinander, taten als ob sie schliefen und waren jeder allein mit der Angst vor der schweren Tour und der Furcht, es könnte wieder nicht klappen. Nach dem großen Eisfeld in sechshundert Meter Wandhöhe würde es ernst werden. Dort fingen die eigentlichen Schwierigkeiten an, und hinunter würden sie von dort kaum mehr kommen. Das Eisfeld war wahrscheinlich zu steil, um es wieder abzuklettern. So viele Snargs (eine Art Eishaken), wie man bräuchte, um es wieder abzuseilen, hatten sie nicht. Soviele würde man auch aus Gewichtsgründen gar nicht mitnehmen. „Death or glory!" sagte Franz immer. Es gab keinen Zweifel, sie mussten unbedingt dort hinauf.

Um kurz nach vier kam Heinrich von der jüngsten Wetterinspektion. „Es hat aufgerissen, sternklar, keine Wolke mehr. Aber ich hab die Schnauze voll!" und legte sich wieder hin. Franz zögerte kurz, dann stand er auf. „Egal", sagte er und zog sich an, „komm jetzt, es ist spät genug."

Vier Stunden später als geplant aufzubrechen war so gut wie gleichbedeutend mit Biwak. Genau das hatten sie vermeiden wollen. Um sechs Uhr erreichten sie den Bergschrund, es war längst hell. Ein großer Seilkrangel hielt sie beim Anseilen auf, und direkt nach dem Bergschrund gingen sie gleichzeitig weiter. Eine der Hauptschwierigkeiten wussten sie dicht vor sich: die Überwindung des ersten Riegels aus kombiniertem Gelände vor dem zentralen Eisfeld. Christoph und Albert hatten es beängstigend geschildert. Die Epigonen wählten einen Weg weiter rechts, wo am wenigsten Fels zu bewältigen war. Sie scheiterten an einem kurzen Eisschlauch, der infolge der relativen Wärme zu weich und zu matschig war, und mussten noch weiter nach

rechts. Kleine Schneerutsche übergossen sie. Heinrich führte eine sehr heikle Länge, und kurz darauf waren sie im zentralen Eisfeld. Sie machten Pause, und Heinrich dachte: „Hoffentlich guckt er nicht auf die Uhr! Es muss schon wahnsinnig spät sein. Bitte nicht!" Franz sagte: „He, Heinrich, es ist halb elf!" Der Geograph antwortete: „Da oben im Kombiriegel ist alles zugepflastert, unten hats geregnet, und da oben hats den Nassschnee reingehängt. Alles weiß. Was jetzt aussieht wie ein Couloir, ist nachher Fels. Wir gehen besser die Messner, da sind unsere Jungs letztes Jahr auch hoch, das schaffen wir auch."
„Und wir müssen bestimmt biwakieren", dachte er. „Lass uns umkehren, wir müssen bestimmt biwakieren", dachte Franz. Heinrich gab ihm die Trinkflasche, hängte sich aus dem Stand aus und ging weiter. Seit der heiklen Länge kurz zuvor hegte Franz großen Respekt für seinen Partner. „Dös Wandl", dachte er, „oooh, dieses Wandl."
Die Verhältnisse im Eisfeld waren ausgezeichnet, Trittschnee über Firnauflage. Um Zeit zu sparen, ordnete der Geograph gleichzeitiges Gehen ohne Sicherung an, wobei er Franz vorausschickte. Der Gärtner akzeptierte. Der Sturz von einem von ihnen würde den Tod beider bedeuten. Sie sicherten erst wieder, als kurz vor dem Ende des Eisfelds der angenehm zu kletternde Firn aufhörte und Blankeis kam. Hier begann die Messner-Variante, die den steilsten Wandteil in einer großen Linksschleife überwand. Diese Variante war leichter als der direkte Durchstieg, aber wesentlich länger. In der Nachmittagssonne erreichten sie den äußersten linken Punkt ihrer Führe, einen Firngrat über einer Schulter, die etwas aus der Wand herausstand. Das schnelle gleichzeitige Gehen hatte ihnen viel Zeit gespart. Sie legten noch eine Pause ein. Heinrich hatte sich schon lange auf die Salami gefreut. Wollüstig kaute er auf der fetten, salzigen

Wurst herum. „So gut hat mir noch nie was geschmeckt!" sagte er begeistert und wenig später: „Den nächsten Biwakplatz müssen wir nehmen, egal wie schlecht."
Der nun folgende Teil war der schwierigste: Die lange ansteigende Querung in die Mitte der Gipfelwand, wo ein dreieckiges Eisfeld das kombinierte Gelände beendete und den Weg zum Ausstieg freigab. Der Blick nach unten fand keinen Halt, vom nächsten Abbruch unter ihren Füßen glitt er hinunter bis zum Gletscher. Kein Ruhepunkt für das Auge, rundherum alles glatt und haltlos. Die Kletterei war leichter als sie gedacht hatten, aber heikler. Pro Querungslänge gab es meist nur eine oder zwei Zwischensicherungen, meistens hängte Heinrich, der hier führte, nur Schlingen über kleine Felszacken, die aus dem Eis schauten. Sie fanden keinen einzigen Haken. Sie lernten zu schätzen, was ihnen in den Schilderungen ihrer Freunde immer wieder am merkwürdigsten vorgekommen war: Ein in einen senkrecht verlaufenden Riß geschlagenes Eisbeil war ein zuverlässiger Haltepunkt. Es gab spannende Augenblicke, wenn die Haue eines Eisgeräts eine dünne Eisauflage durchdrang und auf den darunterliegenden Fels aufschlug. Erleichtert, dass die Haue nicht gebrochen, vertrauten sie sich auch diesen Haltepunkten an, obwohl die Zahnung nur ganz flach ins Eis eingedrungen war. Sie lernten, dass die Frontalzacken ihrer Steigeisen fast überall auf leicht geneigtem Fels halten konnten, und dass sie dabei aber die Belastungsrichtung genau beibehalten mussten, also das Körpergewicht nicht plötzlich schräg statt senkrecht auf den entsprechenden Fuß wirken lassen durften.
Sie kletterten sehr schnell. Sie suchten immer dringender einen kleinen Absatz, auf dem sie sitzend die Nacht verbringen könnten. Als die von rechts, von Westen, in die Gipfelwand einfallende Sonne gerade verschwunden war, beendete Heinrich eine

Länge schon nach zwanzig Metern, baute Stand und rief zu seinem Partner :„Ich glaub, ich hab was!" Seine Hoffnung war eine Felskante, die auf zwei Meter handbreit und waagerecht aus dem Eis herausschaute. Wenn man das darüberliegende Eis wegschlug, würde vielleicht ein Absatz zum Vorschein kommen. Franz war nicht sehr beeindruckt, als er den Stand erreichte. „Ich würd sagen, das ist ne Attrappe. Die wollen uns reinlegen. Ich guck mal da vorne um die Ecke." Er querte um einen kleinen Firngrat und brüllte: „Ich hab was gefunden, ganz sicher. Ist bloß noch ein Stück höher." Er ging die fünfzig Meter Seil voll aus, setzte einen Snarg und holte den Geographen nach.
„Siehst Du da oben den Turm? Da kann man hundertprozentig zu zweit drauf sitzen."
„Meinst Du?" Heinrich war unsicher.
„Ganz sicher."
„Kannst Du das führen? Ich kann nicht mehr."
„Ja klar, dann mach ich das."
Während der Bayer in dem steilen, felsigen Gelände oberhalb des Standplatzes um den Weg zu einem Platz für die kommende Nacht kämpfte, schaute sein Gefährte nicht zu. Erschöpft ließ er sich in seinem Gurt hängen. Beide Hände an der Sicherung des Partners, lehnte er den Helm ans Eis. Die Sonne war seit etwa einer Stunde „um die Ecke gegangen", wie Franz gemeint hatte. Es wurde dunkel, und ein schwacher Wind führte deutlich kältere Luft heran. Als seine Zähne zu klappern begannen, öffnete er die Augen, richtete sich wieder auf und schüttelte seinen Körper, um sich etwas Wärme zu verschaffen. Arme und Beine wurden tatsächlich etwas wärmer, aber sein Unterkiefer zappelte weiter, eine ungehorsame kleine Marionette. Seit längerem schon hatte er kein Seil mehr ausgeben müssen. „Wie siehts aus?" rief er nach oben. „Scheiße isses. Ich

schaffs nicht. Das wär schon gut da oben, glaub ich, aber ich komm da nicht hoch. Es ist zu schwer. Ich komm wieder runter. Lass mich ab, ich hab hier ne gute Zackenschlinge." Heinrich ließ ihn über die Umlenkung herunter, und dann hingen sie direkt nebeneinander. „Oh Scheiße, wo sollen wir denn jetzt biwakieren?" fragte Heinrich. „Genau hier. Wo sonst?" erwiderte Franz. Heinrich fixierte sich in dem Seilstrang, der aus der Zackenschlinge zu ihm herablief. Am Ende des anderen Stranges hing Franz, sie sicherten sich so gegenseitig mit ihrem Körpergewicht. Sie begannen, mit ihren Eispickeln eine Plattform aus dem Eis zu schlagen, stießen aber sehr bald auf Fels. Während Heinrich ratlos innehielt, gelang es Franz, noch einige Felsstücke herauszuschlagen. Schließlich konnten beide so sitzen, dass sie, wenn sie sich Mühe gaben, nicht im Seil hingen. Dann knoteten sie Schlingen ins Seil, um die Füße hineinzustellen. Dadurch entstand ein Seilgespinst, welches es unmöglich machte, den Biwaksack überzuziehen. Besonders nachteilig war es, dass sie nicht direkt nebeneinander hingen, sondern einige handbreit getrennt waren. So konnten sie sich nicht gegenseitig wärmen. Sie setzten sich auf ihre Handschuhe. Da der Wind von links, von Franz' Seite kam, erhielt er den für beide vorgesehenen Schlafsack. Wegen des Seilwirrwarrs konnte er ihn aber nicht wie üblich benutzen, sondern stopfte ihn sich nur einfach an die kalte Seite. Das Gleiche tat Heinrich mit dem Biwaksack. Er trug jetzt seine Reservekleidung, eine Daunenweste und eine Regenjacke. Franz hatte nur noch einen Anorak im Rucksack gehabt, als das Biwak begann. Heinrich hielt den Kocher auf seinem Schoß und schmolz Eis. Da statt Schnee nur Eis erreichbar war, dauerte der Schmelzvorgang sehr lange, und er produzierte nicht mehr als einen Topf warmes Wasser.

Apathisch hingen sie in den Seilen. Dem Geographen gelang keine abgeschlossene Metapher zu ihrem Zustand des Durch-den-anderen-gesichert-Seins. Zwei Glockenschwengel fielen ihm ein oder die zwei Schalen der Waage Justitias. „Die Schalen sind auf gleicher Höhe. Unentschieden. Geurteilt ist noch nicht", doch diese Bilder befriedigten ihn nicht.Sie waren so erschöpft, dass sie nicht mehr zitterten. Gelegentlich schüttelten sie minutenlang ihre Körper, um etwas wärmer zu werden. Die hierzu nötige Energie aufzubringen, gelang ihnen jedoch nur in großen zeitlichen Abständen. Dann wieder schlossen sie die Augen und versuchten zu dösen, aber es war einfach zu kalt. Die Kälte schmerzte. Sie spürten die Kleidung nicht mehr als Trennlinie zwischen einem warmen Inneren und dem kalten Äußeren. Alles war kalt. „Wie soll ich das noch länger aushalten?" fragte sich Franz, „das ist zuviel, wir haben jeder nur einen halben Liter getrunken, und tagsüber einen Liter zusammen und das bisschen Tourenverpflegung. Scheiße, meine Füße sind völlig taub. Wenn sie nur nicht erfrieren! ... ooh ist das kalt, das ist zuviel, ich will nicht mehr."

In dieser Lage einzuschlafen war weder denkbar noch überhaupt wünschenswert, weil im Schlaf der Kreislauf absacken und die Erfrierungsgefahr wachsen würde. Sie konnten nicht entrinnen, nur warten. Die Zeit wollte und wollte nicht vergehen. Manchmal schaute Franz auf die Uhr. Was zwischen zwei Sprüngen des Minutenzeigers verging, war unermesslich wie die sie umgebende Nacht. Der entscheidende, der kleine Zeiger blieb unbeweglich wie ein Marterpfahl. Die keinen Augenblick unerlebt verstreichenden Qualen der beiden Männer, die Kälte und der vollkommene Stillstand der Dinge hatten die Zeit unendlich gedehnt und beinahe angehalten.

„Hey, da unten kommt `ne Seilschaft!" Franz hatte sie zuerst

gesehen. Sie beobachteten, wie die zwei hellen Punkte sich in Serpentinen dem Wandfuß näherten. Die Lichter waren achthundert Meter tiefer und genau unter ihnen. Wie steil ging es hinunter! Die Lichter dort unten wurden langsamer und querten hin und her. Dann sahen sie nur noch eines: Der Sichernde hatte seine Lampe gelöscht, um Batterie zu sparen. Schließlich stiegen die zwei Lichter wieder ab. Sie hatten im Dunkeln keine der wenigen passierbaren Stellen des Bergschrunds entdeckt. Heinrich schloss wieder die Augen und ließ sich in sich zusammensinken. Der Gurt schmerzte, und ein von Beginn an störendes Felsstück in seiner Sitzmulde drückte unerträglich in seine linke Backe. Da die Mulde schräg war, rutschte er immer wieder mit seinem ganzen Gewicht auf diesen Zacken, der von seinem Handschuh nur schlecht abgepolstert wurde. „So ein Elend", dachte er. „Sind Deine Füße auch so taub?" fragte Franz, der im Seil hing und sich nicht bewegte.
„Es geht so. Wird jedenfalls nicht schlimmer."
„Was für eine Scheiße", dachte Franz, „ich will nicht mehr."
Irgendwann später erwachte Heinrich erschrocken aus seinem bleiernen Dösen und dachte: „Verdammt .. ich halts nicht mehr aus, ich kann nicht mehr. Scheiße, ich kann nicht mehr." Aufgeregt drehte er den Kopf hin und her und wartete, was nun passieren würde, da der Augenblick gekommen war, gegen den er so lange gekämpft hatte. Er sah den Schatten des Körpers seines Freundes und die zahllosen Sterne am vollendet klaren nächtlichen Himmel. Zu seiner Rechten sah er die schwachen Konturen des Nordpfeilers. Es hatte sich nichts geändert. Der Gurt schmerzte, der Stein drückte in seinen Hintern, die Knie schmerzten jetzt auch. Die Füße waren taub, und es war genauso kalt wie vorher. „He Chef, wie gehts?" Franz' regungsloser Körper war ihm unheimlich. „So lala."

Neue Lichter schwärmten unter ihnen über den Gletscher aus: Eine lange Karawane zur Aiguille d'Argentière, einige Richtung Courtes und Triolet. Seit Stunden wehte ein leichter Wind. Heinrich war fast den ganzen Tag ohne Gletscherbrille geklettert, denn sie hatten sich bis auf wenige Minuten immer im Schatten befunden. Seine Augen schmerzten, und irgendwann konnte er sie nicht mehr öffnen. Kurz traute er sich nicht, es seinem Freund zu sagen, doch das Selbstmitleid war stärker. „Franz! Ich ... ich bin schneeblind! Ich krieg meine Augen nicht mehr auf."
„Was? Wirklich?"
„Das gibt eine saubere Bergrettung", dachte Franz, „ob die hier mit dem Heli reinkommen? Und uns direkt rausholen können? Oh nein, das darf nicht wahr sein, jetzt ist er schneeblind."
Heinrich setzte sich trotz der Dunkelheit seine Gletscherbrille auf und wickelte Franz' Schal um die Augen, um sie vor dem Zug zu schützen. Er dachte nicht an eine Rettung, sondern an die Eskimos, die sich um die Augen herum mit Holzkohle einrieben und so eine beträchtliche Lichtdämpfung erreichten. Er dachte nicht an den nächsten Schritt, daran, was eigentlich folgen musste. „Wenn ich nur ein Auge aufkriege, wenigstens halb, dann kann ich nachsteigen. Kommt darauf an, obs noch schwer wird. Wir haben ja keine Ahnung, wo wir genau sind. Das dreieckige Eisfeld müßte eigentlich bald kommen, und von da an ist es nur noch Schnee."
Nach einiger Zeit konnte er seine Augen wieder öffnen, erst ganz wenig, dann wieder normal. Er spürte noch eine Schwellung der Augenlider. Noch eine Weile später sahen sie den ersten hellen Streifen am Horizont. Die Sterne verblassten, und im Osten wurde es langsam heller. „Unmittelbar bei Sonnenaufgang ist es am kältesten", sagte Franz. Sie rührten sich nicht.

Fassungslos, als sähen sie es zum ersten Mal, beobachteten sie, wie es Tag wurde. Kaum konnten sie begreifen, dass diese Nacht vorbei war. „Wir habens geschafft, wir müssen nur noch aussteigen. Aber dabei wird uns wenigstens warm", sagte Franz. Sie stellten fest, dass die Sonne so laufen würde, dass sie sie erreichen müsste. Es wurde kein Wort darüber gesprochen, diesen Augenblick abzuwarten und nicht vorher aufzubrechen. Langsam und stetig bewegte sich das rosaorangefarbene Sonnenlicht im Gelände zu ihrer Rechten auf sie zu. Am Felsgrat des Nordpfeilers, der zwischen ihnen und der Sonne stand, begann es blendend hell zu flirren und sie spürten die Strahlen. Erst nur das Licht, dann die Wärme. Apathisch genossen sie die zehn Minuten Morgensonne, die ihnen das Zusammenwirken von Topographie und Uhrzeit gewährte. Nach diesem Zeitraum war die Sonne hinter dem nächsten Turm am Nordpfeiler verschwunden, und sie saßen wieder im Schatten. Dann kochten sie noch etwas Brühe und fotografierten sich. Sie legten die Steigeisen wieder an, konstruierten einen neuen Stand - die Eisschraube vom Vorabend hatten sie beim Sitzplatzbau entfernt - und zogen das Seil aus der Zackenschlinge ab. Nach wenigen Metern im Vorstieg brach Franz die Haue seines Eisbeils, und nach zwanzig Meter ansteigender Querung an dem konvexen Hang stellte er fest, dass sie gerade das dreieckige Eisfeld erreichten. „Das ist das dreieckige Eisfeld!" schrie er zu seinem Partner. „O du lieber Himmel", murmelte Heinrich und rief zurück: „Dann haben wirs, der Rest ist Stapferei!"
Der Rest war tatsächlich leicht, reine Firnkletterei, wenig Blankeis. Sie wählten den leichtesten Ausstieg in die Brèche des Droites, wodurch sich die Möglichkeit ergab, den Gipfel auszulassen und direkt auf der anderen Seite der Scharte abzuseilen. „Genau wie unsere Jungs letztes Jahr, genau wie unsere Jungs",

dachte Heinrich. Eine kurze brüchige Felsrinne war die einzige Unregelmäßigkeit in den weißen Seillängen. Beim Sichern schauten sie kaum nach oben, das war anstrengend und der Weg war klar. Sie schauten immer nach unten. Acht-, neunhundert und dann tausend Meter war der Bergschrund jetzt unter ihnen, und es gab kein einziges Band, keinen Absatz, nichts. Alles war glatt. In der letzten Länge zur Scharte hatten sie wieder Sonne. „Welch ein Abgrund", dachten sie in Abschiedsstimmung, „was für eine Tiefe!" Mechanisch seilten sie die Rinne auf der Südseite ab und fanden den Weg durch die Spalten des Talèfre-Gletschers zur Couvercle-Hütte. Als sie die Hütte gerade erreichten, regnete es, und am nächsten Morgen sahen sie alle Gipfel in strahlend weißem Neuschnee. Das gute Wetter hatte genau gereicht.
Beide hatten leichte Erfrierungen an den Zehen und, da sie keine Sonnencreme benutzt hatten, leichte Verbrennungen im Gesicht. Wenn Heinrich keine Stiefel trug, konnte er nur auf den Außenseiten seiner Füße stehen. So ging er nachts auf die Toilette, mit spürbar angeschwollenem Gesicht, tränenden verquollenen Augen und o-beinig humpelnd in der bis zu den Knien heruntergerutschen ausgeleierten langen Unterhose. „So much glory!" dachte er, „ist es denn zu fassen?"

aus „Strategie und Müßiggang"
Panico Alpinverlag, 1992

Vertrauen und Bewährung
Rückzug an den Grandes Jorasses

Auf der Leschaux-Hütte wurden ihre kühnsten Hoffnungen übertroffen: Außer ihnen waren nur sechs Mann für die Petites-Jorasses-Westwand da, für den in seiner Hochsaison ab Mitte August als überlaufen berüchtigten Walkerpfeiler niemand und für den Crozpfeiler auch niemand. Sie waren die erste Seilschaft des Sommers.

Die Petites-Jorasses-Anwärter schliefen noch, als der Hüttenwirt die zwei Deutschen an den Strümpfen zog. Ruhig und wortkarg erlebten sie ihr Frühstück, den Gang zum Pinkeln, die nächtliche Kälte und den sich bis zu ihrer, der Grandes-Jorasses-Norwand, dehnenden Sternenhimmel, die letzten Handgriffe am Rucksack und den Abschied vom Hüttenwirt. Die Schneeauflage des Gletschers war hartgefroren, so brauchten sie nicht zu spuren. Die strenge Kälte passte genau in ihr Steinschlagkonzept. Sie verliefen sich in einem Spaltenwirrwarr. Sie seilten an. Thomas stieg ungerührt auf den dünnen gefrorenen Schneebrücken tief in eine Spalte hinab, hinüber und hin und her, bis er auf der anderen Seite wieder festen Boden erreichte. Die Szenerie war beeindruckend: Silhouetten gigantischer Eistürme vor dem leuchtenden Nachthimmel, zwischen ihnen eine wackelnde Stirnlampe, die riesige Schatten warf. Steigeisen knirschten im hartgefrorenen Firn, gelegentlich war ein ins Eis fahrender Pickel zu hören und leis in die Tiefe klirrende Eisstückchen. Zufrieden mit der raschen Lösung des ersten und unverhofften Problems erreichten sie den Bergschrund. Die Verhältnisse waren so gut wie erhofft. Christoph und Albert hatten hier von

ihrer Droites-Begehung, jedoch später im Jahr, steinige Rinnen angetroffen und waren weiter oben wegen Steinschlag umgekehrt. Der Schüler und der Student stiegen nach dem kurzen Einstiegseishang über Firncouloirs in idealen Bedingungen auf. Diese Couloirs führten von der linken Seite des Pfeilervorbaus in die kleinen Scharten über dem ersten und zweiten Turm. Sie gingen gleichzeitig am kurzen Seil und ungesichert. Erst oberhalb des ersten Turms, in etwa zweihundert Meter Wandhöhe, legten sie Zwischensicherungen, gingen aber gleichzeitig weiter. Thomas war vorher selten in diesem kombinierten Gelände gegangen und kletterte zügig und sehr sicher. „Macht total Spaß!" rief der Schüler. Er war gut gelaunt. Heinrich verstieg sich im nun felsigeren Gelände ein Stück nach links. Er bemerkte seinen Irrtum und kletterte wieder ab, wobei er mit seinen Steigeisen auf einen etwa einen halben Quadratmeter großen Firnfleck stieg, der im Fels hing. Mit seiner linken Hand lehnte er sich etwas nach rechts und suchte nach Haltepunkten, die tiefer lägen, denn er wollte noch weiter absteigen. Da löste sich das kleine Firnstück von der Felsplatte und rutschte ab. Rechts befand sich ein weiterer, etwas größerer Firnfleck. Heinrich schlug sein Eisbeil mit der rechten Hand in diesen Firn. Fast gleichzeitig stand er mit den rechten Frontalzacken und angewinkeltem Bein im gleichen Eisstück und hatte sein Gewicht auf dieses, das rechte Bein, verlagert. Der linke Fuß war im Rutschen am Fels hängengeblieben, und das Firnstück verschwand in der Tiefe. „Scheiße", sagte der Autohändler, „sah aber bestimmt cool aus, oder? Gute Reaktion und so?"
„Ging so."
Kurz darauf musste Heinrich, der weiterhin zuerst ging, nochmal zurück. Sein Pickel hing noch außen am Rucksack, und für ein kurzes Stück wurde es zu steil, um nur mit dem Eisbeil wei-

terzusteigen. Der Schüler baute sich einen Standplatz und löste dem anderen den Pickel vom Rucksack. Dieser fühlte sich nun ganz in seinem Element. Es war gerade zwischen Dämmerung und Tag, schon hell, aber die Horizonte noch rötlich. Man sah, dass es oberhalb jener zwei Meter wieder leichter würde. Die Rinne verengte sich und steilte sich auf, die begrenzenden Felsen waren glatt. Ein Stück unterhalb der schwierigsten Stelle schlug er einen Messerhaken, der zur Hälfte eindrang. Er band ihn ab und kletterte weiter, ganz Nordwanddritter, der sich an der Haut seiner geliebten eisigen Riesin abmüht. Mit grimmiger Freude bemerkte er, dass dieses Stück wirklich sehr schwer war und die Sicherung schlecht. Quietschend fanden seine Frontalzacken kleine Tritte im Fels, er musste weit spreizen und sein Eisbeil nach der letzten Plazierung des Pickels sehr hoch einschlagen, da zwischendrin nur eine dünne Eisschicht auf dem Fels lag.

Beim Eisklettern war das Gehör ein wichtiges Hilfsmittel, da der Klang eines geschlagenen Gerätes viel über seine Haltekraft aussagte. Das oberflächliche Eindringen der Haue in hartes Blankeis verursachte ein anderes und kürzeres Geräusch, als wenn sie tief in morsches, mit Luft durchsetztes Eis hineinfuhr. Das Maß an Vertrauen, welches diese verschiedenen Klänge verdienten, konnte wieder genau das gleiche sein. „Na, was meinst Du?" murmelte er, als sein Beil an der gewünschten Stelle stak, „Das sitzt doch, oder?" Dann stand er in leichtem Gelände, hatte aber noch einige Meter zu einem Felsturm, an dem er sichern wollte. Er hatte nicht genug Seil, denn er war noch irgendwo in der Mitte eingebunden, und der Rest Seil hing in Schlingen über seine Schulter. Er nahm die Schlingen ab und ließ sie fallen. Thomas beobachtete aufmerksam das Seil, er wusste, was der andere tat und wartete darauf, dass sich der nach

unten rutschende Strang wieder straffte. Danach wollte er die Sicherung öffnen, soviel Seil einziehen, bis er seinen Partner wieder kurz an der Leine hatte, und ihn erneut in die Sicherung nehmen. Plötzlich schrie er: „Hey, Heinrich, was machst Du denn? Du hast das ganze Seil runtergeschmissen!"
„Wieso das ganze Seil?"
„Dein Ende ist hier unten!"
Heinrich sah nach unten und bemerkte, dass er tatsächlich ohne Seil dastand. „Hurenpisse!" schrie er zurück, „ich war nur in dem Mastwurf drin, in dem ich die Schlingen abfixiert hatte, das Ende war überhaupt nicht fest! Scheiße! Was machen wir denn jetzt, so ein Schwachsinn ist mir noch nie passiert!" Die schwierigste Stelle befand sich zwischen ihnen. Thomas wusste die Lösung: „Du hast doch das andere Seil im Rucksack!" Heinrich brauchte nur das zweite Seil herauszuholen und es zu dem Schüler hinunterzulassen. Er war verlegen, als der andere ihn erreichte. „Wenn Du das zweite Seil gehabt hättest, wären wir schön in der Scheiße gesessen. Ich wäre ja auch nicht wieder runtergekommen. Tut mir leid, ehrlich!"
Der Schüler führte nun weiter und brauchte trotz moderater Schwierigkeiten sehr viel Zeit für eine Länge. Die nächste übernahm wieder der Student und erreichte die Scharte oberhalb des zweiten Turms. Sie waren jetzt vierhundert Meter hoch. Unendlich langsam kam das Seil vom nachsteigenden Thomas. Noch bevor Heinrich ihn sehen konnte, hörte er seine langgezogenen wimmernden Atemstöße. „Scheiße, das wars. Wie kommen wir hier wieder runter? Er ist krank. Gottverdammt!2 Da kam Thomas um den letzten großen Block herum. „He, Scheiße, wir müssen umkehren, ich bin krank. Mir ist schlecht."
„Ja, ich hab Dich schon schnaufen hören. Was ist es denn?"
„Weiß nicht, mir ist saüübel, hab total keinen Saft mehr, weißt,

absolut keinen Dampf. Ich glaub, ich muss bald kotzen. So eine Scheiße, die Verhältnisse sind so optimal. Tut mir leid, dass ich jetzt schlappmache. Scheißescheißescheiße ... phhhh..."
„Komm nicht zu mir hoch, sondern geh da unten rüber auf den Absatz, ich komm zu Dir runter."
Thomas lag auf der Seite und atmete heftig. Er tat Heinrich leid, er wollte nicht in seiner Haut stecken. Als er daran dachte, dass er nun allein den Rückzug organisieren musste, war ihm ebenfalls unwohl. „Was könntest Du denn haben? Wir haben doch das gleiche gegessen."
„Keine Ahnung, aber es ist irgendwas mit dem Magen, auf alle Fälle im Bauch."
„Vielleicht hattest Du ne schimmlige Nuss im Müsli oder eine von den Verschwörungen der Art."
Heinrich überlegte, wo sie abseilen sollten. Denselben Weg wieder hinunter hatte den Nachteil, dass sie, besonders Thomas, den Einstiegseishang würden abklettern müssen, auch hatten sie im Aufstieg keinerlei Abseilschlingen oder -haken anderer Seilschaften gefunden, die sie hätten benutzen können. Im deutschen Montblanc-Führer war eine direkte Rückzugsvariante beschrieben. Sie sollte beim ersten Turm von der Aufstiegslinie abzweigen und durch ein mit Abseilschlingen eingerichtetes Couloir gerade hinunter bis zum Gletscher führen. Er traute dem Führer nicht. Der Weg an der rechten Seite des Turms hinunter sah nicht schlechter aus und mußte theoretisch etwas kürzer sein, denn die Wandhöhe der Jorasses nahm von links nach rechts ab, weil der Gletscher dort weiter hinaufreichte. Er entschloß sich für den Weg durchs Unbekannte. Bedauernd stellten sie fest, dass es erst acht Uhr morgens war, sie also gute Chancen gehabt hätten, ohne Biwak durchzukommen. Thomas fühlte sich jämmerlich. Zum einen meldeten sich die ersten Kit-

zel des Brechreiz`, zum anderen schämte er sich, dass er dem anderen die Tour vermasselt hatte. Vor allem waren sie noch lange nicht wieder unten. Heinrich hatte Angst vor dem Rückzug; zwischendurch warf er immer wieder bedauernde Blicke nach oben. „So gute Verhältnisse", dachte er, „und nicht ein Stein ist geflogen. Naja, das kann ja noch kommen." Seinen Partner sah er als technisches Problem: „Wie kriege ich ihn hier wieder runter? Hoffentlich klappt er nicht ganz zusammen." Immer bevor er selbst abseilte, fixierte der Student seinen Partner startbereit im Abseilachter, damit sich dieser nicht unbeaufsichtigt selbst einhängen musste. Sie erreichten eine flache, sehr brüchige Rinne. Heinrich wusste, daß der Steinschlag vor einem Jahr auf der anderen Seite der Vortürme eins von Christophs neuen Seilen durchschlagen hatte. „Bloß das nicht, bittebitte, bloß das nicht! Dann muss sich Thomas unterwegs während der Abseile umhängen, und zusammengeknotete Seile bleiben doch garantiert ständig überall hängen, uuuah, bitte lass die Seile ganz!"
Er seilte schräg durch die Rinne hindurch, um auf ihre Bergseite zu gelangen. Thomas kam nach, sehr schwach auf den Beinen, doch Herr seiner Bewegungen. Er legte sich bäuchlings auf den Block, der die Sicherung darstellte, und keuchte. Den nächsten Stand richtete der Student schon nach zwanzig Metern ein, um dann mit einer einzigen langen Strecke das folgende Steilstück zu bewältigen. Aber er hatte sich verschätzt, in der nächsten Abseile baumelte er an einem senkrechten, dick vereisten Aufschwung. „Was für ein phantastisches Wassereis!" dachte er, „Oh verdammt, wo soll ich denn hier Stand bauen?" Er blockierte seinen Abseilachter und drückte sich mit den Stiefeln nach links, um nach Hakenrissen zu suchen. Immer wieder rutschte er ab, da er keine Steigeisen trug, und schlug mit den

Knien gegen das Eis. „Aua, Scheiße, verdammt, Dreck, Dreck, Dreck! Wo ist jetzt der verdammte Hakenriß, verflucht nochmal, wo bist Du? Komm raus, Du Drecksding, bitte!" Er pendelte ein Stück nach rechts und ließ sich dann noch etwas tiefer. Dort blockierte er wieder seinen Achter und schlug einen Normalhaken, der schnell aufsetzte. Ein Stückchen weiter unten, wo der Riss schmaler war, sang ein Messerhaken hinein, mit perfektem Klang, aber ganz ließ auch er sich nicht versenken. Es war der gleiche, den er im Aufstieg geschlagen hatte. Er band ihn wieder ab und hängte ihn ein. Dann ging er noch ein Stück tiefer, brachte einen Klemmkeil unter, der etwas flach lag, und schlug ihn fest. Seine Gedanken äußerten sich nach einem Zeitraum der Selbstgespräche wieder schweigend: „Ein wackliger Schlingenstand, grusel, grusel, hoffentlich geht das nicht so weiter." Als Thomas ankam, stellte Heinrich sich umständlich auf einen kleinen Tritt, um sein Gewicht aus dem Standplatz zu nehmen, und ließ den anderen zuerst weiterabseilen: „Der Stand ist nicht so doll, besser, wenn wir ihn nicht gleichzeitig belasten. Da unten wird es wieder etwas flacher. Pack Dich irgendwo auf einen Absatz und gib ein paar Meter Seil durch den Achter. Ich komm dann nach und mach den Rest."
„Ist gut."
Als der Student dann wieder zu dem Schüler kam, hatte dieser den neuen Stand bereits fertig eingerichtet und hing wieder matt in seinem Gurt. „Ah, super, Du hast den Stand ja schon fertig. Du bist der Fighter, ehrlich! Noch drei Abseilen oder so, dann lasse ich Dich als ersten über den Bergschrund ab. Dann brauchst Du Dich nur noch auszubinden und bist schon mal auf dem Fußboden."
„Nur noch drei Abseilen? Das reicht doch nie!"
„Naja, mal schauen."

Ein roter Hubschrauber flog aus Richtung Walkerpfeiler vorbei. Sie gaben keine Zeichen. Nachdem der Schüler sich wieder gefangen hatte, wurde Materialmangel zum Hauptproblem. Von ihren sieben Haken und fünf kleinen Klemmkeilen war wenig übrig, alle langen Schlingen waren für die Kräftedreiecke oder als Zackenschlingen verbraucht. An der letzten Abseile erreichten Heinrichs Nerven die größte Anspannung des Tages. Er musste auf einer kompakten Platte Stand bauen. Die schmalen Haken, die er dort hätte schlagen können, hatte er nicht mehr. Er entdeckte einen langen Felskopf, der für eine Zackenschlinge etwas zu rund war. Mit seinem Eisbeil drosch er auf das Schärtchen hinter dem Kopf ein, in das er die Schlinge legen wollte. Tatsächlich konnte er es ein wenig vertiefen. Trotzdem war das ganze noch so rund, dass er eine sehr lange Schlinge brauchte, um die Belastung möglichst steil nach unten zu lenken. „Hilft nix", dachte er, legte eine Stelle seines Seils auf den Fels und schlug mit dem Hammerkopf des Eisbeils darauf ein, bis der Strang sich teilte. Dann knotete er das etwa fünf Meter lange Seilstück zusammen und legte es über den Felskopf. Er zog es so zurecht, dass der Knoten rechts vor der Scharte saß und hängte mit Mastwurf einen Karabiner kurz oberhalb des tiefsten Punktes der Schlinge auf ihrer linken Seite ein. So funktionierte es als Kombination aus Zacken- und Knotenschlinge. Hatte er sich verrechnet und rutschte die Seilschlinge über den Felskopf, würden sie beide den Rest der Wand hinunterstürzen.

Ängstlich ließ er Thomas an dem Stand ab, der Bergschrund war greifbar nahe. Heinrich hatte die Zähne zusammengebissen, atmete gepresst und starrte auf seine Konstruktion. „Fortgeschrittene Seiltechnik, gut, dass er sich das nicht angeguckt hat. Hoffentlich kommt er jetzt über den Bergschrund."

Dem Schüler fehlte bis zum Bergschrund nur ein kleines Stückchen; da er im Seil hing, konnte er sich nicht ausbinden und musste ein paar Meter anklettern, bis er die Seildehnung überwunden hatte. Dann seilte er sich aus und kletterte die letzten vier Meter der Wand ab. Er lief den Gletscher hinab und ließ sich nach zwanzig Metern fallen. Als Heinrich ihn erreichte, lag er noch an der gleichen Stelle und hatte sich übergeben.
„Oh Mann, wir sind unten, mir gehts grad wieder schlechter. Naja, der Rest ist zu Fuß."
„Du bist echt der Fighter. Hut ab, ich bin beeindruckt. Du bist so zäh."
Als sie den Weg fortsetzten sagte der Schüler: „Wir müssten es ja eigentlich gut bis Montenvers schaffen, bis zur letzten Bahn. Dann kannst Du morgen gleich wieder los. Dann verlierst Du kein Schönwetter."
„Unterschätz das nicht, von der Hütte bis Montenvers, das sind mindestens acht Kilometer. Und die Latscherei auf dem aperen Gletscher ist ja auch nicht ohne. Das ist zwar öde, aber Du musst ja ständig voll aufpassen. Wenn Du Dich einmal hinpackst, schlägst Du Dir doch die Fresse auf. Wir gehen auf die Hütte, das reicht. Das ist weit genug."
„Der Kerl ist die Härte", staunte der Student, „erst klappt er fast weg, und da kann er ja bestimmt nix dafür, dann reißt er sich im richtigen Augenblick zusammen, seilt zuerst ab, baut Stand, klappt wieder zusammen, dann der Murks für ihn am Bergschrund, und fünf Schritte später bricht er nochmal zusammen. Und jetzt will er sich noch bis Montenvers quälen, nur damit ich, sein Seilpartner, kein Schönwetter verliere. Verrückt. Und das mit zwanzig! Mein Gott, ist der hart. Ich an seiner Stelle würde mich tragen lassen."
Widerwillig ließ Thomas sich seinen Rucksack erleichtern.

Als sie am Mittag des folgenden Tages den Zeltplatz wieder erreichten, war Thomas schon halb wieder hergestellt. Ein, zwei Tage mit viel Essen, und er war vermutlich wieder frisch. Seine Ferien waren fast zu Ende, und angesichts des nun wieder schlechten Wetterberichts entschloss er sich, eine Mitfahrgelegenheit nach Hause bei einigen Landsleuten auszunutzen. Mit „Bis zum nächsten Sommer!" nahmen sie Abschied.

aus „Strategie und Müßiggang"
Panico Alpinverlag, 1992

Unter Geiern
Klettern am Konglomeratfels von Los Riglos

Antonio hatte in Emilios Cassettenkoffer unter anderem eine alte Liveaufnahme von „Carmen" entdeckt, die dank ihrer mitreißenden Dramatik unverzüglich zu ihrem neuen Favoriten avancierte. Die schlechte Tonqualität, das ständige Poltern, wenn die Sänger sich auf der Bühne bewegten, das ungeheure Knistern und der nach jeder Arie noch vor den letzten Takten des Orchesters aufbrausende Beifall gaben dem Höreindruck eine eigentümliche Authentizität. Die Nacht war warm, und Heinrich hatte die linke Hand an die Kante des Schiebedachs gelegt.

„Endlich wieder Riglos!" schwärmte der Jüngere, „außer in meinen Anfängertagen habe ich noch nie soviel Angst gehabt wie in Riglos. Normalerweise ist Konglomerat ja immer völliger Schrott, aber es kann noch steilere Wände bilden als Kalk. Wenn Du den Verdon kennst und mal „Pichenibule" gemacht hast, denkst Du, das ist das Maximum an Ausgesetztheit. Aber Riglos ist noch viel schlimmer, das ist ja zum Teil auf der ganzen Fläche überhängend. Am Mallo Pison, die Südwand, das ist bestimmt eine Fläche von einer Hektar, die komplett überhängt!"

„Was hast Du am Mallo gemacht? Die Murciana, oder?"

„Nein, die Carnavalada, die mit der weißen Linie. Wir haben die extra bevorzugt, weil die Murciana neu eingebohrt war. Ehrlich, wir haben uns fast in die Hosen gemacht bei diesen alten Bohrhaken. Und wenn Du Dich mal versteigst - Du kannst ja nichts legen in dem Gestein, keine Keile, nichts. Der nächste

Haken ist immer total schlecht, und wenn Du ihn nicht findest - dann gibt es gar nichts. Eine Angst haben wir gehabt, so eine Angst! Es war so phantastisch ... ooah, grusel!" Er rieb sich die Hände, die bereits vom bloßen Gedanken an jenes Klettergebiet schweißfeucht geworden waren, und Antonio lachte: „Du wolltest doch an die Visera, da ist es noch steiler, und es gibt weniger Haken als am Mallo. Am Mallo sind es ja alles alte technische Routen. An der Visera sind die Bohrhaken dafür besser, keine buriles, weißt Du, sondern Spits. Aber sie stecken viel weiter auseinander, und die Kletterei ist schwieriger. Das wird Dir gefallen."

„Macht es Dir wirklich nichts aus, den Zulu demente nochmal zu machen?" fragte Heinrich.

„Nein, einmal ist die Tour so gut, dass es mir nichts ausmacht, sie zu wiederholen, und außerdem musst Du sie kennen! Aber wir müssen früh aufstehen, sonst wird es zu heiß."

„Kein Problem. Und auf die Geier freue ich mich ganz besonders!"

Antonio als alter Hase kannte den besten Platz zum Biwakieren, eine halboffene, leerstehende Hütte unterhalb des Dorfes. Sie verschliefen, und aus Furcht vor der Hitze machten sie eine Route an der Nordseite des Mallo Pison. Früh wieder zurück, genossen sie die körperliche Verausgabung, wilde Feigen, auf deren Essbarkeit Antonio den Ausländer erst aufmerksam machen musste, sowie die milde Nachmittagsgelassenheit in dem etwa dreißig Häuser zählenden Dorf. Der Geograph schaute immer wieder zur Visera hinauf. „Die Wand sieht aus wie ein Hohlspiegel, ein elliptischer Hohlspiegel", grübelte er, „nur die obere Hälfte schaut raus. Unten ist es kurz geneigt, dann senkrecht, und nach oben wird es kontinuierlich immer überhängender."

„Ich habe sie immer mit einem Stück Melonenschale verglichen, das man in die Erde steckt."2
„Zulu steigt doch genau oben am höchsten Punkt aus, oder?"
„Bueno, vielleicht drei, vier Meter rechts von dem Punkt, wo die Kanten von Deinem Hohlspiegel zusammenlaufen."
„Wie weit ist man da hinter dem Einstieg?"
„Dreißig Meter? Vielleicht vierzig. Es ist un buen patio, ein ziemlicher Balkon."
„Wenn Du also genau am Ausstieg einen Kletterer runterfallen lässt - das ist genau die Linie von Zulu?"
„Genau. Es ist die Direttissima. Aber es ist nur 6a."
Die Route wurde für den Deutschen zu einem eindrucksvollen Erlebnis. „Ich kann`s nicht fassen", staunte er, „Völlig überhängend, aber völlig einfach. Alle Griffe so groß wie Schuhkartons. Alles sieht total brüchig aus, ist aber perfekt fest."
Besonders in Wandmitte schaute er häufig nach oben und musste den Kopf weit in den Nacken legen, um den Ausstieg im Blickfeld zu haben. Es erinnerte ihn an eine Woge, die im Augenblick des Überkippens versteinert wäre. Wenn er am Stand hing, die Knoten geprüft waren, und man nur noch das Seil zu bedienen hatte, nahm für Augenblicke seine Angst die Phantasie als Pferd und jagte davon. „Die Welle, die Riesenwelle - wenn sie jetzt zusammenschlägt ... wenn sie wieder flüssig wird, dann kommen alle Haken raus. Nein Quatsch, egal ... wenn die Welle zusammenschlägt, kommt sie ja auf uns runter. Oooh ... aber, carajo! Die Kletterei ist einfach phänomenal, da gibts nichts."
„Schön, dass er endlich seinen Spaß hat!" dachte Antonio, wenn er den Freund klettern sah. Er hatte den letzten Stand. Zwanzig Meter unter dem Ausstieg war eine Höhle, deren Boden ein matratzengroßer, flacher Block bildete, der einen Meter

herausstand. Wie in sämtlichen Höhlen und Löchern in den Wänden von Riglos war auch hier am Boden alles weiß, da es sich um alte Geiernistplätze handelte. Von den Höhlenrändern liefen weiße Streifen in die Wand hinab. Die Geier waren von den Kletterern vertrieben worden, hatten aber in einem großen Massiv weiter talaufwärts neue Bleiben gefunden. In der waagerechten, vom Geierkot völlig geweißten Platte steckten die Standplatzbohrhaken. Mit leuchtendem Gesicht erreichte Heinrich als Seilzweiter die Höhle. „Superseillänge!" strahle er.
„Siehst Du die Platte hier? Du weißt, was das Weiße ist", sagte Antonio.
„Geierscheiße. Warum?"
„Weißt Du, wie lange die Geier hier gewohnt haben?"
„Hunderttausend Jahre? Fünf Millionen? Auf jeden Fall sehr lange. Es ist eine Schande, dass wir sie vertreiben."
„Ich meine was anderes. Die Scheiße ist ja ganz hart, siehst Du, und was meinst Du, wie dick das Zeug ist? Die Route kommt hier mit einer alten technischen Führe zusammen, und das hier ist noch der ursprüngliche Standplatz aus den siebziger Jahren. Die alten Bohrhaken, die sind doch nur 2,5 Zentimeter lang - die stecken nur in der Scheiße! Wir sind jetzt etwa zweihundertfünfzig Meter über dem Boden und vielleicht zwanzig Meter hinter dem Einstieg - und unsere Haken stecken in Geierscheiße! Das ist das Beste von Riglos!"
Heinrich entlastete daraufhin den Stand und setzte sich auf die Platte. Die Höhle war etwa 1,5 Meter hoch, und er genoss den Ausblick hinunter auf Riglos und auf das flache Land der Provinz Aragón. Wie immer sah man in einiger Entfernung einige Geier kreisen. „Das hier war der Königsgeier!" entfuhr es dem Geographen, „der Geier, der früher hier gewohnt hat, in dieser Höhle - das war der Königsgeier. Weißt Du, so im Schaukel-

stuhl, mit einer langen Pfeife im Schnabel - so hat er ab und zu ein bisschen gewippt und immer mal geguckt, ob noch alles in Ordnung ist."

Auch Antonio ließ den Blick übers Panorama schweifen, das ihm schon so bekannt war. „Das ist ein guter Platz hier", sagte er, „Riglos ist ein guter Platz, und dieser Stand ist einer der besten von Riglos. Hier hat man`s geschafft – die letzte Länge ist technisch – aber man ist noch in der Wand."

Nach einer Stunde Abstieg waren sie wieder unten im Dorf. Sie tranken ausgiebig am Dorfbrunnen, aßen Feigen und sahen sich auf einmal einem weißen Esel gegenüber, der hinter einem Gartenzaun stand. Auf einem Pfosten saß eine schwanzlose Katze. Antonio legte dem Deutschen den Arm um die Schulter und fragte: „Was siehst Du da?"

„Einen weißen Esel."

„Und was bedeutet das?"

„Wieso? Was soll das bedeuten? Weiß nicht."

„Es gibt zwei Möglichkeiten. Kommst Du nicht drauf? Denk ein bißchen!"

„Keine Ahnung."

„Also gut. Ein weißer Esel, das kann nur sein: die unschuldige Dummheit oder die dumme Unschuld."

„Ach so, Du meinst ... das hat was mit uns zu tun?"

„Genau."

„Ja, also ... schwer zu sagen. Bei Dummheit und Unschuld - ich möchte sagen, da sind die Grenzen manchmal etwas unscharf."

" Antonio schlug ihm zustimmend auf die Schulter, und Heinrich spann den Faden weiter: „Hm, es ist natürlich die Frage, was bei uns überwiegt. Wer richtig dumm ist, ist immer auch ein bisschen unschuldig. Aber - wenn wir so unschuldig wären, wie wir dumm sind, dann wären wir noch gar nicht geboren!"

Sie gingen hinunter zum Rio Gallégo, badeten und standen auch am nächsten Morgen früh auf, um Chinatown zu machen, die linke Kante des Hohlspiegels. Die Route trug ihren Titel wegen der zahlreichen Geiernistplätze, die, schwarze Löcher mit weißer Kennzeichnung als Signal ihrer Besiedlung, in Assoziation mit dem treffend gewählten Namen an eine unzulängliche, mysteriöse Stadt denken ließen. Links und rechts von Chinatown gab es zwei Routen, deren Namen ihnen ganz besonders gut gefielen: La Fiesta del Biceps und La Ley del Guerrero, das Gesetz des Kriegers. Zwei Tage waren sie jetzt dort, zweimal hatten sie am gleichen Platz geschlafen. Sie schlugen wieder den Weg zur Visera ein, an der kleinen Kirche überm Dorf vorbei, die, wie Heinrich fand, aussah wie aus einem Mexico-Western und wegen der sie den Rio Gallégo in Rio Pecos umgetauft hatten. Sie fühlten eine für die kurze vor Ort verbrachte Zeitspanne große Gewöhnung an das Dorf und seine Felsen. Es war, als ob sie schon viel früher gekommen wären. Früh am Morgen rochen die Forsythien noch; wenn sie mittags nach der Tour wieder am Einstieg vorbeikommen würden, war der Geruch in der Hitze verflogen.

Als sie einstiegen, lagen die Südwände der Visera und des gesamten Massivs bis hinüber zum Mallo Pison noch im Schatten, und sie beeilten sich, diese Zeit zu nutzen. Während etwas später in ihrer Nachbarwand, dem Filo del Cuchillo, Schatten und Sonnenlicht ein unregelmäßiges Scheckenmuster bildeten, weil die Sonne ein wenig schräg um eine Kante herum einfiel, sank der Schatten an der schlanken, etwa dreieckigen Visera langsam nach unten wie das Tuch an einem Denkmal, das vorsichtig enthüllt wird. Unmengen von Schwalben jagten im Luftraum direkt an den noch schattigen Wandteilen. Selten sah man sie mit den Flügeln schlagen, toll wirbelnde Rudel kleiner rasender, etwas über handspannen-langer Bumerangs mit einem weit geöffneten runden roten Maul in der Mitte, das wie ein Käscher durch die Luft gefahren wurde. „Gut, dass wir keine Mücken sind", dachte Heinrich, „da hätten wir nichts zu lachen." Liebevoll und mit großen Augen sah er ihnen zu, manchmal kurvten sie bis auf ein, zwei Meter heran. Man musste sich wundern, dass sie nie frontal gegen die Wand prallten; stattdessen konnten sie auf kleinsten, nicht einmal waagerechten Vorsprüngen im Überhängenden landen. Dabei gab es durchaus Fehlversuche, die damit endeten, dass der Vogel sich einfach fallen ließ und die Flügel wieder öffnete. „Das ist schön, eh?" sagte Antonio, als er den Standplatz seines Partners erreichte, „das erleben wir nur, weil wir Kletterer sind."

„Ja. Einmal kommt man sonst nicht mitten in diese Wände, und außerdem ist es was anderes, wenn Du ihnen gerade hier zusiehst. Es sind mir noch nie so viele Vögel so dicht um die Ohren geflogen, und mir ist noch nie so klar gewesen, dass ich nicht fliegen kann."

Antonio schaute ihnen weiter schweigend zu, und Heinrich fuhr fort: „Außerdem - es ist so entspannend, endlich mal wieder was zu tun, was man kann. Und weißt Du noch, neulich, wo wir zum Baden an dem See waren, den ich noch nicht kannte? Die Frösche trieben so schön sterbensfaul mit ausgestreckten Beinen an der Oberfläche. Und die Meise, die wie ein besoffenes Huhn in den Schilfhalmen rumschaukelte? Wenn Du sowas oder das hier wegen eines Achtstundentages nicht erleben kannst - das ist doch Diebstahl."

Sie befanden sich genau rechts der hier stumpfen Kante im unteren Wandteil. Die übernächste Länge, Heinrichs Vorstieg, querte an einem Überhang nach links um die Ecke. Bereits der Standplatz fand ihren Gefallen: die Seile hingen frei nach unten, ohne den Fels zu berühren. Seit einer halben Stunde waren sie in der Sonne, und es war bereits sehr heiß. Der Abstieg würde sie wieder an der Stelle vorbeiführen, wo die Route begann, also leerten sie ihre Trinkflaschen, zogen die Hemden aus, wickelten sie um die Flasche und ließen das Bündel fallen. Der Geograph hatte das Material übernommen und begann die nächsten Meter. Es war die Schlüsselstelle der Tour, die Erstbegeher hatten sie noch technisch geklettert. Jetzt ging sie frei, aber sie wussten nicht, wie schwer es war. Die Kante hatte hier eine Scharte, eine Geierhöhle, über der eine leicht überhängende Partie hinauf und um die Ecke führte. Zum Schlüsselzug wurde ein Foothook in unübertrefflicher Position: Der Kletterer hing waagerecht, zwei Meter unter ihm brach der Fels ab, da sich dort die Höhle in die Wand einbauchte, daneben hing der Sichernde im Schlingenstand und grinste. „Irrsinnig gut!!!" dachte der Deutsche, hing den nächsten Haken ein und musste sich ausruhen. „Scheißschwer, aber es ist phantastisch", sagte er. Zufrieden schwitzend erreichte er den nächsten Stand. An diesem Tag waren beide so zuvorkommend, stets in der Sprache des anderen Seilkommandos und Tips zu geben sowie die entsprechenden Fragen zu stellen. Man wollte es dem anderen so leicht wie möglich machen, vergaß dabei aber nicht den schulmeisterlichen Anspruch in Dingen der eigenen Muttersprache. So kam es dazu, dass Antonio, der kurz vor dem Foothook in große Schwierigkeiten geriet, auf deutsch nach oben rief: „Wie bist Du hier geklettert?" Heinrich wies ihn auf spanisch ein, wobei ihm eine Reihe von Unkorrektheiten unterlief. „Danke!" rief Antonio zurück, „Seil ein, aber ...," Sein rechter Fuß rutschte ihm ab, er konnte sich halten. Er setzte den Fuß wieder auf die gleiche Stelle und griff mit der rechten Hand höher, wobei er rief: „... aber man sagt es nicht so, man sagt ..." - erneut

rutschte ihm der Fuß weg, er hatte den neuen Griff in diesem Augenblick gerade mit der Hand erreicht und konnte sich wieder halten, war aber an der Grenze zwischen Fallen und Nichtfallen. Er kämpfte sich hart an der Sturzgrenze noch ein paar Züge hoch, dann stand er etwas besser und rief nach oben: „Man sagt das ohne Subjunktiv. Du nimmst den Subjunktiv viel zu häufig, weißt Du."
Sie hatten mehr Glück mit den Geiern als am Vortag: Nebenan, auf dem Filo del Cuchillo, saß fast ständig einer. Wenn er zur Südseite abflog, wo die sich am Wandfuß erwärmende Luft aufstieg, benötigte er nicht mehr als einen einzigen Flügelschlag. Mit drei, vier Schritten lief er träge über die Abbruchkante, breitete die Flügel aus, schlug einmal mit ihnen nach unten, und dann blieben sie ausgebreitet. Die Lämmergeier hatten knapp zwei Meter Spannweite, die Vorderkante ihrer Tragflächen war gerade wie ein Strich. Einmal in der Luft, bewegten sie nur die äußersten linken und rechten Federn. Das genügte, um beispielsweise vom Filo del Cuchillo übers Dorf und talaufwärts zu schweben, sich weit, weit und hoch in den Himmel zu schrauben und schließlich wieder auf dem Abflugpunkt zu landen. Allein die Landung erforderte wieder einige Flügelschläge. Der Kopf hing während des Fluges weniger vor als unter den Flügeln, wo er, beweglich und beständig neue Ziele ins Auge fassend, hin- und herkreiste wie der Geschützturm eines Panzers.
„In Deutschland gibt es nicht mehr viele Geier, oder?" fragte Antonio.
„Nein, überhaupt keine. Das ist in Spanien viel besser. In den Pyrenäen gibt es ja sogar noch Bären!"
Sie hatten mittlerweile das letzte Viertel der Route erreicht, sie befanden sich jetzt links von der Kante, die sich deutlich nach rechts Richtung Gipfel bog. Antonio führte die Querung nach

rechts um die Ecke, vom Geneigten ins nun ungeheuer Überhängende. Der Schritt um die Kante verschlug ihm den Atem. Er stand auf zwei kopfgroßen Konglomeratkieseln, die weit herausstanden. Das unter ihm befindliche Wandstück hing auf der ganzen Fläche über wie die Innenwand eines Straßentunnels. Die vier Meter hinüber zum Stand waren jedoch nichts weniger als schwierig, eine Reihe weit heraustehender Steine ergab eine Art Band, und das Griffangebot war verschwenderisch. Auch für den Geographen war die Passage um die Kante unvergesslich - über dem so plötzlich vor seinen Augen auftauchenden Abgrund hatte Antonio seine Selbstsicherung extra lang gebaut und lehnte sich vergnügt schaukelnd weit hinaus wie ein Segler im Trapez.

Heinrichs nächster Stand wurde sehr unkomfortabel, denn er hatte den regulären übersehen und musste sich schließlich an einem Haken in der halbtonnenförmigen schwarzen Ausstiegsrinne festmachen. Die Hitze in diesem Brennglas war verrückt. Zehn leichte Meter waren es noch bis zum Ausstieg. Eine Stunde später saßen sie ihn ihrem Auto, hörten ihre neue Lieblingscassette und fuhren nach Hause.

„Emilio hat irgendwo ein Textbuch von Carmen", erzählte Antonio, „eine Stelle hat mir besonders gut gefallen. Da war eine deutsche Fassung mit dabei, ich hab es für Dich rausgeschrieben. Es ist der Zettel in der zweiten Cassette. Irgendwas mit Ruhm."

Heinrich las: „Dem der waget, reicher Lohn gebührt, doch behutsam auf rauhen Pfaden, ein falscher Schritt zum Abgrund führt." Er nickte. „Das ist gut. Das gefällt mir."

aus „Strategie und Müßiggang"
Panico Alpinverlag, 1992

Der Himmel für drei Franken
Allein und pleite am Piz Badile

Als im Alpenraum routinierter Tramper hatte er das Seil, die Leihgabe Antonios, dekorativ oben auf seinen Rucksack gebunden und ging absichtlich langsam, einen Grashalm zwischen den Zähnen, am rechten Straßenrand Richtung Ortsende Grindelwald, während er die Hand mit dem gestreckten Daumen hinaushielt. In dieser „Gehphase", wie er es klassifizierte, war die Haltewahrscheinlichkeit pro Auto besonders hoch, da die Unerfahrenen hinterm Steuer durch den Anblick eines zünftig mit Seil und Rucksack Marschierenden leicht zu der Annahme neigten, dass man dem Wanderer die Strecke durchs Mitnehmen verkürzen sollte, sonst müsse er alles zu Fuß gehen.
Es war ein herrlicher Septembertag, die zwei, drei rundbauschigen Wolken unterstrichen nur das Blau des Himmels. Gegen sechs Uhr, so etwa die Zeit seines Abschieds von Orlando und Onufre, hatte sich die tageszeitliche Stimmung von strahlend in Richtung mild geändert. Das flacher einfallende Sonnenlicht machte Spinnweben in Sträuchern und die über den Wiesen flirrenden Insekten sichtbar. Ein Motorradfahrer hielt an, der einen Zweithelm mit sich führte. Es ging bis zum Brienzer See. Der neue Beifahrer hatte das Glück, dass er keinen Integral-, sondern einen Jethelm bekam, die warme Nachmittagsluft weiter in seinem Gesicht spürte und den Grashalm nicht herauszunehmen brauchte. Genau nach Westen verlief der obere Teil des Grindelwalder Tals Richtung Interlaken, und der Copilot hielt die Augen nach den ersten Metern überwiegend geschlossen. Im Vertrauen eines Kindes legte er sich mit seinem Rucksack in

die Kurven. Auf der schlängeligen Strecke kam es oft zu jenem sanften Überkippen von einer Schräglage in die andere. Dies ständige Spiel mit Schwerkraft und Beschleunigung suggerierte deutlich das Gefühl des Fliegens. Es herrschte nicht viel Verkehr, und der zu Land Reisende fühlte sich wie eine der Schwalben von Riglos in Zeitlupe. Die Sonne schien auf seine geschlossenen Lider und projizierte durch die durchbluteten Häutchen ein warmes Orange-Rot auf die Iris. Zwischendrin fielen für Sekunden oder Sekundenbruchteile die Schlagschatten von Bäumen, Waldstücken und Gebäuden auf sein Gesicht, so dass die Netzhaut bei der trotz geschlossener Lider großen Helligkeit nicht ermüdete und bei jedem Wiedereintauchen ins Licht die Farbsensation von neuem wahrnahm.

Als er schließlich am Ortsende von Brienz an der Straße Richtung Grimselpass abstieg - der Fahrer hatte einen kleinen Umweg für ihn eingelegt, war es dort bereits schattig. Nicht ohne einen gewissen Ernst verabschiedete er sich vom ersten Lift dieses neuen Reiseabschnitts. „Es ist losgegangen!" stellte er fest. Er zog seine langen Hosen an, und es ging weiter bis Meiringen. Beim nächsten Stop in einem kleinen Dorf wurde es dunkel. Es rührte sich nichts. Ein paar Touristen saßen auf dem Balkon einer Pension, ein Bauer reparierte im Scheinwerferlicht seines Autos den Traktor. Grillen und Heuschrecken machten einen Lärm, wie Heinrich ihn seit Riglos nicht mehr gehört hatte. Sein Grundsatz war: wenn es dunkel wird, mindestens noch einen. Und im Toyota eines Tierarztes fuhr er noch ein paar Dörfer weiter. Der Wohnsitz des Veterinärs war mindestens so klein wie der Ort seines letzten Aufenthalts. Es gab nur eine einzige Straßenlaterne. Dies war unmissverständlich der Platz fürs Nachtlager. Er lief in Richtung seines Weiterwegs aus dem Dorf hinaus und legte sich in eine Wiese. Einige Bäume hätten

Schutz vor dem noch zu fallenden Tau gewährt, doch er insistierte auf freien Blick zu den Sternen.

Am folgenden Tag musste er bis zur Sasc-Furä-Hütte unter dem Piz Badile im Bergell kommen, sonst würde sein Geld nicht reichen. Ohne ausreichendes Abendessen und gutes Frühstück hatte er vermutlich nicht die Courage, einzusteigen, aber dessen ungeachtet spürte er das sichere Gefühl, dass ihn nichts aufhalten könnte. Die größte Unbekannte in einer Tourenplanung - das Wetter - war auf seiner Seite, und er wusste sich zu viel Leichtsinn bereit, so dass es sich offensichtlich nur noch darum handelte, den Wandfuß mit vollem Magen zu erreichen. Er ahnte sich seiner Sache unaufhaltsam sicher. Er dachte an einen generalstabsmäßig und minutiös geplanten Banküberfall, dessen Startschuss gefallen und der nun nicht mehr zu stoppen war. Ungeduldig, aber gut gelaunt erwachte er im Morgengrauen und packte zusammen. Es war keine zehn Minuten richtig hell, und er saß in einem Wagen bis zum Grimselpass. Der Fahrer betreute die Kunden einer amerikanischen Gabelstaplerfirma im gesamten Kanton und hatte viel Freude an seiner Arbeit. Er erzählte von seinen Maschinen, während Heinrich die Karte studierte und beschloss, dass der Weiterweg über den Furkapass Richtung Chur weiterführen sollte, und dann kurz vor Chur über Julier- oder Albulapass nach Graubünden, St. Moritz und Val Bregaglia.

Als er genau vor dem Gasthaus auf der Höhe des Furkapasses stand, hielt unvorhergesehenerweise ein Italiener, der nach Mailand fuhr. Bis zur Kreuzung, an der es geradeaus nach Chur und rechts über den St. Gotthard Richtung Mailand weiterging, hatte Heinrich Zeit, sich zu überlegen, ob er die kürzere Strecke über Chur oder einen Umweg mit der bereits sicheren großen Teilstrecke bis Bellinzona bevorzugen sollte. Wie häufig in sol-

chen Situationen, entschied er sich für die längere Strecke, deren erste Hälfte er sicher hatte. Die Ungewissheit lag vor allem in der Tatsache, dass laut Karte vor Bellinzona eine Reihe größerer Schnellstrassen und eine Autobahn zusammenkamen. Ging mit der anvisierten Ausfahrt etwas schief, zum Beispiel, dass man wegen Baustellen nicht stoppen konnte und der Anhalter irgendwoanders aussteigen musste, hatte der Anhalter den bekannten Salat, sich direkt an die Autobahn stellen oder an einer falschen Ausfahrt hinaus zu müssen. Die Schweiz war nicht Frankreich, wo genau dies - direkt an der Autobahn zu stehen - als das Effektivste gelten durfte. In der Schweiz hielt sicher niemand, der mit den Worten zum Einsteigen aufforderte: „Kommen Sie schnell rein, das ist doch verboten hier."
Die Auffahrt, auf der er bei Bellinzona landete, war zwar relativ schlecht, doch das Glück blieb ihm treu. Er stand gerade so lange, dass die ersten Zweifel aufkamen, ob die Südvariante wirklich die bessere war. Die Nähe zum Lago Maggiore schien ihm plötzlich bedrohlich, das klang so südlich, als wäre er viel zu weit in Richtung Mailand mitgefahren. Wieder hielt, vielleicht nach zwanzig Minuten, ein Italiener. „San Bernardino?" fragte Heinrich, die R's fröhlich rollend.
„Si, Bernardino!" sagte der vielleicht sechzigjährige Grauhaarige, „Alemania? Tedesco?"
„Si, soy Aleman." Heinrich verlegte sich auf Spanisch. „Es que ... no hablo Italiano, solamente Español."
„Español?" fragte der Alte verwundert.
„No, Aleman. Yo soy Aleman. Soy alpinista, escalador y voy al Val Bregaglia. Al Pizzo Badile, para escalar. Usted va hasta el San Bernardino o más lejos?"
Er hatte Spanier und Italiener gesehen, die völlig fließend in ihren beiden verschiedenen Sprachen miteinander redeten. Er

bildete sich zwar ein, halbwegs verstanden zu werden, die Botschaften des freundlichen Alten jedoch durchschaute er nicht. Weit aber erfolglos warf er wieder und wieder die Angel in die Gewässer seines Wortschatzes aus, auch ein Aufwallen von Gestikulation fruchtete nicht viel, und schließlich ebbte die ursprünglich von beiden gewünschte Kommunikation dahingehend ab, daß Bruno - so hatte er sich vorgestellt - alle fünf Minuten mit dem Finger auf etwas in der Landschaft zeigte und sagte: „Muy bello!" was Heinrich ihm bestätigte. Bruno mußte nach Appenzell, auf eine Hochzeit, soviel hatte der Geschäftsmann begriffen. „Hat das jetzt irgendwas zu sagen?" fragte er sich. Auf alle Fälle bedeutete das Fahrtziel Appenzell, daß Heinrich bis nach Thusis gelangen konnte und sich damit bereits auf dem Streckenabschnitt zwischen Chur und Julierpass befand. Es wäre kürzer gewesen, etwas nach dem San Bernardino auszusteigen und über den Splügenpass und Castasegna von unten ins Bergelltal hineinzufahren. Das hätte jedoch zwei Grenzüberquerungen nach Italien und zurück nach der Schweiz bedeutet, bei den misstrauischen Schweizer Fahrern eine potentiell deutlich längere Wartezeit. Der Geograph stellte befriedigt fest, beinahe alle bekannten Schweizer Pässe zu überfahren, denn zwischen Maloja und Bondo wartete noch der Malojapaß.

In Thusis betrat er einen kleinen Supermarkt. Er investierte in Brot, etwas Obst, einen Liter Apfelsaft und in eine Dose Ravioli. Das Glück war ihm hold an diesem Tag, und als auf einmal ringsum niemand zu sehen war, wanderten Emmentaler und Schokolade in seine Hose. Dann zahlte er den Rest, schulterte seinen am Eingang stehenden Rucksack und marschierte Richtung Ortsausgang. Einmal in hervorragender Stimmung und im wachsenden Gefühl der eigenen Unaufhaltbarkeit, war sein

Unterbewusstsein wendig genug, auch aus der kleinen Begebenheit eines Käsediebstahls eine bedeutende Selbstbestätigung zu schöpfen, ja die erbärmliche Armut von noch zehn Franken für mehrere Tage als entscheidende Bereicherung des Erlebnisses zu erkennen. „Das nenne ich guten Stil. Ganz wie die alten Hasen in den vierziger und fünfziger Jahren."
Im Lieferwagen einer St. Moritzer Blumenhandlung gelangte er über den Julierpass und bis nach Silvaplana. Mit rückhaltloser sowie angesichts der Umgebung verständlicher Begeisterung schwärmte er von der Landschaft. Dem Fahrer gefiel die Freude des Reisenden an seiner Heimat, und er riet ihm, auf dem Rückweg den Albulapass zu nehmen, denn der sei noch eine Idee hübscher.
Auch in Silvaplana stand er nicht lange, dann saß er im BMW einer jungen Deutschen, die zum Comer See fuhr, also Bondo, seinen Zielort, passieren würde. Das letzte Auto einer Strecke per Anhalter bestiegen zu haben, hat etwas Beruhigendes, etwas Abschließendes, namentlich, wenn einer unter einem gewissen Zeitdruck steht. Der Geograph wusste, dass ihn nun wirklich nur noch ein besonders dümmlicher Zufall an der Realisierung seines Plans würde hindern können. „Kennen Sie den Namen Hermann Buhl?" fragte er, „das war einer der berühmtesten Bergsteiger aus den Fünfzigern."
„Nein, tut mir leid."
„Kennen Sie den Nanga Parbat? Das ist ein Achttausender im Himalaya."
„Nein, auch nicht."
„Buhl hat den als erster bestiegen, im Alleingang, 1953. Dadurch ist er sehr berühmt geworden. Aber logischerweise hat er vorher ja auch große Sachen gemacht. Er hat auch die erste Alleinbegehung von der Wand gemacht, wo ich jetzt hinfahre. Er hatte

auch kein Geld. Er ist von Innsbruck nonstop mit dem Fahrrad bis Bondo gefahren, die ganzen Pässe, und eine Gangschaltung hatte er damals garantiert nicht, das war so um 1950. Dann ist er direkt hoch zur Hütte, zur Sasc-Furä-Hütte, ein bisschen Schlaf, und am nächsten Tag hat er die erste Solobegehung der Cassin-Route gemacht. Damals war das eine ziemliche Sensation, so etwas überhaupt alleine zu probieren. Die Nordkante, die ist Schwierigkeitsgrad IV, die war noch nicht einmal alleine gemacht worden. Er ist sie solo abgeklettert - also auch die erste Alleinbegehung -, runter nach Bondo gelaufen, aufs Fahrrad und direkt wieder zurück nach Innsbruck. Alles an einem langen Wochenende oder so ähnlich, er musste arbeiten und hatte nicht mehr Zeit. Und ein Auto hatte er auch nicht. Kurz bevor er zuhaus war, ist er auf dem Fahrrad eingepennt und in den Inn gekippt. Was der aushalten konnte! Vor lauter Begeisterung! Ich hab noch zehn Franken für die nächsten Tage, ich fühle mich schon sehr auf seinen Spuren. Wenigstens finanziell, natürlich."
„Finde ich unheimlich toll, wenn sich jemand so begeistern kann für eine Sache. Ich meine - bezahlt wird man dafür ja nicht, oder?"
„Nee, Geld gibts dafür nicht." Sie wünschte ihm viel Glück. In Bondo stieg er aus, und nach kurzem Überschlagen seiner Vorräte investierte er noch einmal drei Franken achtzig in Schokoladenkekse. Jetzt konnte er seinen Berg schon sehen, es waren nur noch wenige Wegstunden bis zum Einstieg. Der Rhythmus der Reise war nun ein anderer. Einen Nachmittag und einen Vormittag hatte er es eilig gehabt und mit Hilfe der Autos fremder Leute ein paar hundert Kilometer überwunden, im steten Wissen, dass es schnell gehen müsse. Dieser Teil der Reise war jetzt vorbei, schon das schmucke, hübsche Dörfchen Bondo selbst signalisierte es. Von nun an bestimmten seine Beine die

Geschwindigkeit. „Was für ein Glück, Kletterer zu sein!" dachte er, "die Kletterei bringt einen an die besten Plätze überhaupt." Schon Riglos war ein wundervolles Dorf gewesen, Bondo war das gleiche auf schweizerisch. Am Eingang stand das große, anscheinend verlassene Hotel zwischen stillen hohen Bäumen hinter einem akkurat geschotterten Platz. Die Gassen waren kopfsteingepflastert und zum Teil zu eng für Autos. Auf dem so vor dem Verkehr geschützten Dorfplatz stand ein geraniengeschmückter Brunnen. Die Straße führte an Bondo vorbei, nur wer sie verließ, kam ins Dorf hinein. Er hatte es geschafft. Es war Mittag, er konnte Richtung Hütte aufsteigen und besaß noch genug Verpflegung. Ein wichtiges Detail fehlte noch: eine Trinkflasche. So ging er in die einzige Kneipe und ließ sich zwei leere Limonadenflaschen mit Verschluss geben. Die Wirtin war nett, und er trank noch ein Bier.

Sein spontaner Wunsch, hier nach vollbrachter Tat wieder einzukehren, wurde von den Tatsachen erstickt, denn seine restlichen Devisen erreichten die Höhe des Getränkepreises nicht mehr. Er erinnerte sich mit Freude an einiges von der Umgebung des Dorfes. Als er einige Jahre vorher mit Erhard die Nordostwand probiert hatte, und sie im Regen abseilen mussten, waren sie hinterher noch einen halben Tag geblieben.

Bis zur Alp Laret ging eine kleine, mautpflichtige Straße. Er bedauerte, nicht fahren zu können, nicht aus Zeitnot - es war erst früher Nachmittag - sondern aus dem Wunsch heraus, sich für einen harten Tag am Berg zu schonen. Eine Viertelstunde oberhalb des Dorfes setzte er seinen Rucksack ab, entleerte ihn und sortierte rasch und sorgfältig, was er für die Tour brauchen würde. Seine Spanisch-Lehrbücher, schmutzige Wäsche, Brieftasche, Rasierzeug und ähnliches steckte er in zwei Plastiktüten, die er unter einer umgeknickten Fichte versteckte.

Eine Weile verfolgte er in der Hoffnung auf ein Auto nach Laret die Schotterstraße, obwohl kleine verbogene Blechschilder einen kürzeren Fußweg anzeigten. Rasch jedoch wurde die Einsamkeit in dem schwer zu übertreffend schönen Mischwald zu so einem Genuss, dass er es bevorzugte, die Begegnung mit den Vierrädrigen auszuschließen und auf den erneut die Straße kreuzenden Wanderweg einbog. Die Stelle, an der er den schmalen Trampelpfad betrat, kannte er noch. Genau dort führte eine schmale, hohe, malerische Steinbrücke über eine Klamm, die fast ausgetrocknet war - ein heller Graben aus Granit, in den Bäume und Wurzelwerk hineinhingen, ausgewaschene Stämme lagen im Grund. Oberhalb der sich in zwanzig Meter Höhe zurücklegenden Klammwände standen große Fichten. Ein winziges Rinnsal und einige Pfützen blinkten herauf, Baumladungen von Singvögeln nutzten das Fehlen des Bächleinrauschens zu ihrem Vorteil. Nur die Überlegung, alles der morgigen Tour unterzuordnen, hielt den reisenden Kaufmann davon ab, in den Grund der Schlucht hinabzuklettern.
Sein Entschluss, sich vor der Heimkehr noch etwas Urlaub am Badile zu gönnen, war eine gute Wahl. Das Bondasca-Tal, ein Seitearm des Val Bregaglia, war ein Stück Bilderbuchschweiz. Unten, im Haupttal, lagen einige Dörfer, die waren, was jeder alles durch seine Anwesenheit verfremdete Fremde sucht: echt. Darüber steile Hänge, denen von der Natur ein natürlicher und einzigartig effektiver Schutz gegeben war - ihre außer für etwas Landwirtschaft, Holzschlag und Wandertourismus wirtschaftliche Unbenutzbarkeit. Die Wälder waren firm wie die Landeswährung, es gab Unmengen von Heidelbeeren, steile, wildschöne Almen, Wiesen und Matten, dann einige Gletscherchen, viel zu klein zum Skifahren, und die Berge der Sciora- und der Bondasca-Gruppe, die für Wanderer zu steil und für die Kletterer

gerade recht waren. Die ausgewogene Gesamtkomposition machte die Schönheit aus - blau der Himmel, grün die Wälder, die Granitwände braun und die Wiesen bunt und hier und da das Rot-Weiß einer Schweizer Fahne.
Er wusste nicht, wie andere Geschäftsleute eine befriedigende Verdrängung aktueller Unliebsamkeiten erlangten, für sich wusste er sie in dem bevorstehenden Strom von Adrenalin zu finden. Und schon vorher, während des einsamen Aufstiegs durchs spätsommerliche Bondasca-Tal, überpinselte die liebliche Umgebung alle Narben an Herz und Seele des sentimentalen Bankrotteurs mit Milch und Honig. Alle Reize der Landschaft wahrnehmend, genoss er den einsamen Weg, die Pforten der Wahrnehmung blieben jedoch gleichzeitig wie eine Pupille bei Tageslicht etwas eng gestellt; das helle Licht war die bevorstehende Nordostwand, und sie ließ noch keine Weitstellung und Entspannung zu. Immerhin würde es die größte Tour seines Lebens werden, er schätzte die Cassin-Führe solo höher ein als die Droites in Seilschaft.
Am Ende des Sträßchens stand eine handvoll Autos. Links ging der Weg weiter in Richtung Sciora-Hütte, zur Sasc-Furä-Hütte lief man rechts über eine Brücke. Graue, von Wasser und Wetter ausgelaugte Balken bildeten den Übergang über den lärmenden Gebirgsbach, und es war ein eigentümliches, kurzes optisch-akustisches Zwischenspiel, ein paar Minuten in der Mitte des Stegs zu verharren. Im Wald gaben die fast regungslosen Bäume einen Hintergrund, vor dem die Bewegungen von Vögeln und Eichhörnchen immer deutlich auffielen, das Konzert der Gefiederten war hinsichtlich Besetzung und Lautstärke sehr veränderlich und wurde durch gelegentliche Kratzgeräusche der Hörnchen unterbrochen, die an die Rückseite der Stämme turnten, wenn sie den Wanderer sahen. Der schäu-

mende Bach stürzte zwischen den Felsbrocken hindurch wie eine kontinuierliche Lawine, ganz die Bewegung selbst und doch immer in den gleichen Wirbeln, Wellen, Gischtspritzern und dem exakt gleichbleibenden Geräuschpegel, der das Gehör des Lauschenden so fest und sicher an sich bindet wie das Wellenspiel sein Auge. Hör- und Gesichtssinn werden von Gegenständen vereinnahmt, an denen es keine Veränderungen wahrzunehmen gibt, sondern nur eine faszinierend irritierende Beständigkeit. Leicht versinkt die Aufmerksamkeit des Betrachters in der Wahrnehmung des gleichbleibenden Getöses wie in einem harmlosen kleinen Strudel. Darüberhinaus stand die Brücke genau in der mächtig sengenden Sonne, und leicht betäubt setzte der Geograph nach einigen Minuten seinen Weg fort, vorbei an einigen dicken Himbeerbüschen der Uferzone. Steil und oft nur einen halben Meter breit führte der Pfad in Serpentinen durch einen famosen Bergurwald, kreuzte kleine Wasserfälle, wo Mücken und Bremsen warteten, passierte Abschnitte, wo der Steg weggebrochen war und gewährte dank des beständigen Steigens und des Fehlens flacher Abschnitte einen zügigen Höhengewinn. Heinrich ging rasch und ungeduldig. Bei Erreichen der genau oberhalb der Waldgrenze auf einer Kuppe gelegenen Hütte kümmerte er sich wenig um den so erreichten Ausblick nach Süden, sondern trat ein und verlangte Schreibzeug, um die Routenbeschreibung zu kopieren. Er fand eine Skizze, die er sorgfältig abzeichnete, füllte seine Limonadenflaschen mit Wasser und trank. Dann lief er weiter. Eine Stunde Weg über Matten mit Moos, Latschen, Krüppelkiefern und Almrosen war es von hier bis zum Einstieg der populären Nordkante, kurz vor der Kante ging es links hinab zur Nordostwand. Ein Drittel dieses Wegs machte er noch, dann verließ er den Trampelpfad der Kletterer für ein paar

Meter, er hatte einen Platz für die Nacht gefunden. Ein flaches und trockenes Stück Wiese hinter zwei Felsbrocken - das war nicht zu übertreffen.

Er beglückwünschte sich zu seiner Ausrüstung: „Alles, was ich brauche und keinen Deut zuviel." Es gab den Gaskocher von Antonio und dessen Topf, ein Feuerzeug, eine Dose Ravioli und keinen Löffel. Dem Messer und einem als Hammer geführten Stein ergab sich der Deckel der Konserve. Der Inhalt wanderte in den Topf und wurde erhitzt. Während die Mahlzeit wie eine Yellowstone-Suppe zu blubbern begann, suchte Heinrich sich eine kleine Almrosenastgabel, die er an ihren Enden von der Rinde säuberte und anspitzte. „Ein fabelhaftes Esswerkzeug!" sagte er laut, „aber wie mache ich das morgen mit dem Müsli?" Er warf noch einen Blick auf die leere Raviolibüchse und las befriedigt: Lebensqualität durch gutes Essen.

Ohne etwas von dem kostbaren Wasser zu verschwenden, wischte er den Topf mit Gras und der Oberseite von Moospolstern aus, weil er ihn am Morgen für das Müsli brauchte, das Orlando ihm gegeben hatte. Eine seiner beiden Wasserflaschen war ihm oberhalb der Hütte heruntergefallen und zerplatzt. Die Scherben hatte er zusammengesammelt und hinter Steinen verborgen, um sie später wieder mitzunehmen; das Entscheidende war, nur noch einen Liter Wasser zu haben. Er aß eine Packung Oliven von den Basken, und, um den Mineraliengehalt des Gebirgswassers zu erhöhen, leerte er einiges von der Olivenflüssigkeit in die Limonadenflasche. Seinen Apfelsaft trank er zur Hälfte, drückte den Karton zu und breitete Matte und Schlafsack aus. Es war früher Abend. Er wusste, daß es um halb sieben hell wurde und wollte um fünf aufstehen; was allein fehlte, war die Uhr. Ein anderes Detail, was hilfreich gewesen wäre, waren Klemmkeile. Antonios Neunmillimeterseil würde er mitnehmen, aber mit Keilen wäre eine Selbstsicherung leichter als mit nur den vorhandenen Haken. Er hatte sich den Komfort eines Magnesiabeutels gönnen wollen und musste nun feststellen, daß derselbe völlig leer war; für nur zwei Sechserlängen in einer neunhundert Meter hohen Wand war es aber eigentlich ein überflüssiger Luxus. Einige späte Kletterer kamen vom Abstieg über die Nordkante.

Es wurde dunkel. Im Tal war es schon lange schwarz, und als auch die Konturen des Badile unscharf wurden, sah man im unteren Teil der Nordkante einige Stirnlampen flackern. Da mussten welche im Abstieg biwakieren. Mit einem bedauernden Seufzer streckte der Alleingänger sich auf sein Lager und schaute nach oben, wo ein weiteres Mal die Sterne schienen. Zum ersten Mal vor dieser Tour überkam ihn die typische Angst des Kletterers, die schwierige Stellen erfindet, abdrängende Querungen, und sich alle Unbill detailliert ausmalt. „Wie soll ich denn die Schlüssellängen machen, mit Selbstsicherung? Aber wie funktioniert das?" In dem Augenblick bemerkte er einen kleinen Mückenschwarm über seinem Kopf und beschloss lächelnd, dass dieser Umstand vorläufig wichtiger sei. Er schlief ein wenig unruhig, und schließlich weckten ihn die Geräusche anderer zum Berg gehender Kletterer, die den Weg neben seinem Schlafplatz hinaufliefen. Augenblicklich verfiel er in große Eile. Die anderen, die da im Schein ihrer Stirnlampen unterwegs waren, wollten vermutlich auch zur Nordostwand und nicht zur Nordkante, denn für die leichte Tour konnte man deutlich später aufbrechen. Er wollte niemanden vor sich haben, um nicht möglicherweise schwere Stellen unter den Augen anderer und ohne Sicherung klettern zu müssen. Außerdem war es bestimmt die Zeit zum Aufbruch, die anderen hatten schließlich Uhren. Das Müsli bereitete er mit dem Apfelsaft

zu und schob es mit den Fingern über die Unterlippe, trank den Rest Saft und zog wieder Antonios Bergstiefel an. Der kleine Tagesrucksack, den er mehr aus Zufall von Chamonix nach Vitoria mitgenommen hatte, war gerichtet, und er zog los. „Hurra!" dachte er, „Dem der zaget, nur die Ruhr gebühret! Immer auf den rauhen Pfaden, ein jeder Weg zum Gipfel führet. Siegen oder Sterben, business as usual. Siegen natürlich, was denn sonst. Endlich! Es geht los!"
Er eilte den Pfad hinauf, und noch im Dunkeln erreichte er die Stelle, wo es nach links Richtung Nordostwand und Cengalo-Pfeiler hinunterging. Von hier konnte man ein langes Stück des kommenden Weges einsehen, doch es ließen sich keinerlei Lichter von anderen Kletterern ausmachen. Es war leichte Schrofenkletterei, und er genoss die ersten Augenblicke des Nichtfallendürfens. Unten angekommen, hastete er über eine Schotterhalde empor, dann den Gletscher hinauf, und stand plötzlich im Aperen, im abgetauten Blankeis ohne Schnee- oder Firndecke. Er hatte keine Steigeisen, und es blieb ihm nichts anderes übrig, als sich einen länglichen Stein als Keil zu nehmen, als Bremse für den Fall des Ausgleitens, und vorsichtig von Steinchen zu Steinchen treten. Auf dem Gletscher lag viel kleineres Geröll und auch größere Brocken, was sich hilfreich auswirkte, denn im glatten, geneigten Aperen wäre er ohne Eisen kaum weitergekommen. Die Stiefel würde er am Einstieg lassen, und am Nachmittag, nach der Tour, wollte er in Kletterpatschen den von der Sonne aufgeweichten Gletscher wieder aufsteigen, um die Stiefel zu holen. Ein vorzüglicher Plan, wie es schien, aber auf dem aperen Eis war mit den Patschen nicht zu spaßen. Er hoffte, nur wegen der Dunkelheit einen besseren Weg übersehen zu haben. Es wurde hell, und er sah faust- bis tischgroße Brocken überall in Wandfußnähe.

Nach dem Aperen kam wieder Schnee, und merkwürdigerweise konnte er keine einzige Spur entdecken, obwohl diese Route als relativ populär galt. An der Randkluft wechselte er die Schuhe. Stirnlampe und Stiefel blieben zurück. Zur Überwindung der Randkluft musste man von der oberen Kante der Schneelippe zwei Meter hinunter auf ein Band springen. „Ein früher point of no re-turn", fand er, „aber jetzt wird erst mal geklettert." Den Vorbau kannte er noch, eine lange, leichte Rampe, die nach rechts anstieg. Er hastete sie hinauf, noch war es sehr leicht. Ihr schloss sich eine kerzengerade Verschneidung an, das erste Stück schwierige Kletterei, dem leichte Plattenlängen nach links und zur ersten Schlüssellänge folgten. Unterhalb der Verschneidung stieß er auf drei deutschsprachige Seilschaften, die sich gerade anseilten. Sie waren vom Nordkanteneinstieg über eine Reihe leichter Bänder hereingequert. „Ach logisch!" erinnerte er sich, „das hatte ich völlig vergessen! Ich Idiot. Heute abend muß ich noch meine Stiefel vom Einstieg holen. Dabei wusste ich doch, daß man reinqueren kann, total verpennt!"
„Bist Du allein?"
„Ja."
„Viel Glück!"
„Danke. Wir sehen uns oben. Tschüs."
„Servus!"
Eilig spreizte und piazte er die Verschneidung hinauf, um den Nachsteiger der dort befindlichen italienischen Seilschaft weit unten zu überholen, da er wuste, dass der obere Teil der Länge der schwierigere war. Stolz erreichte er nach wenigen Minuten den Standplatz der Italiener, wo das Gelände wieder leichter war. Ohne anzuhalten kletterte er weiter.
Das Dreiergelände, was jetzt bis zur ersten Schlüssellänge folgte, hatte er rasch unter sich, dann erreichte er den großen abge-

spaltenen Block, hinter dem die schwierige Verschneidung weiterführte. Auf den letzten fünfzig Metern hatte er daran gedacht, wie sie sie vor vier Jahren geklettert hatten. Jetzt war alles vergessen. Aber es war wohl erst eine gute Viertelstunde, höchstens zehn Minuten vergangen, die Geschwindigkeit erschien im irreal. Er blieb einen Augenblick stehen, wischte die Hände an den Hosen ab und rückte das Seil zurecht, das er sich wie eine Schärpe über die Schulter gehängt hatte. Konzentriert und geistesabwesend wie ein Musiker begann er. Auf der rechten, leicht abdrängenden Wand war es etwas feucht, und ein paar Haltepunkte, die man aber auslassen konnte, waren morsch. Es gab keinen durchgehenden Riss im Verschneidungsgrund und nichts zum Piazen, nur das Spreizen war verschneidungstypisch. „Typisch Alpenkletterei", dachte er, „ein Fünkchen Technik und ein bisschen Mut und fertig." Es wurde steiler, und die hochkonzentrierte Geistesabwesenheit wich deutlichem Herzklopfen. Zwanzig Meter hoch in der Verschneidung stand er mit links auf einem guten Tritt, den rechten Fuß drückte er etwas verdreht mit der Außenseite gegen die rechte Verschneidungswand. Mit der linken Hand hielt er eine dreifingerbreite und knapp fingerkuppentiefe Leiste. Einen Meter höher sah man den nächsten Griff, einen Fingerklemmer für rechts. Auf einmal schien ihm der große linke Tritt nicht mehr so zuverlässig, er war groß, aber abschüssig. Er stockte und schaute nach unten. Ein Alleingänger, der nach unten blickt, sieht grundsätzlich nur seine Füße und viel Luft unter ihnen, in diesem Fall etwa hundertfünfzig Meter, aber kein Seil und keinen Kameraden. „Fuck!" Mit einem Atemzug atmet der Solokletterer Angst in seine ihn von der Tiefe loslösende Konzentration ein. Die perfekte, auf die ihn umgebenden vier Quadratmeter fokussierte Konzentration lässt die engste Umgebung vergrößert erscheinen, in Augen, Netzhaut, Kopf und Bewegungskoordination wirkt sie wie durch eine Lupe betrachtet, und der Blick nach unten gibt der kristallinen Konzentration einen Sprung, eine Lücke, ein Loch, in dem sich Herzklopfen ausbreitet. Schnell wandte er seinen Blick wieder nach oben, zum nächsten Griff. Er verlagerte sein Gewicht nach rechts, so dass er die linke Hand lösen und an der Hose abwischen konnte. Die runde Leiste buhlte geradezu um Misstrauen. Er schaute nochmal nach unten, aber nur um sich über den linken Tritt zu vergewissern. „Die Leiste ist genug, die Tiefe macht sie nicht schlechter. Und mich macht die Tiefe nur schlechter, wenn ich mir dergleichen einbilde." Er legte die Linke wieder an die Leiste und führte die Bewegung wie geplant aus: an der Leiste durchziehen und dann die rechten Finger in jenen Riß klemmen. „Got it!" Die linke Seite legte sich zurück und bot einen schönen Handris, während die rechte Verschneidungsseite in Überhänge lief. Begeistert klemmte er den Handriss hinauf, fünf, zehn, fünfzehn Meter. Dann bemerkte er, dass er zu hoch war, schon fast im ersten Cassin-Biwak, welches rechts und etwas oberhalb der eigentlichen Route lag. Vorsichtig kletterte er wieder hinab, besonders konzentriert begann er die Querung nach links. Er hatte von Verhauern dort gehört und erinnerte sich noch, dass es bald brüchig wurde. Es war nicht klettertechnisch schwierig, seine Spannung galt der Routenfindung. Wie sollte er sich abseilen, wenn er sich allein verstieg? Er würde abklettern müssen. Eine als schwierig geltende Querung kann, erwischt man sie in der richtigen Höhe, um ein vielfaches leichter werden, umgekehrt gilt das gleiche. Anders als an den schwierigen Stellen konnte er hier stets die nächsten zwanzig bis vierzig Meter in seine Konzentration einschließen, bewegte sich etwas verhaltener und stoppte kaum. Goldrichtig erreichte er nach einer Links-Rechts-Schleife das gestufte Gelände in Wandmitte. Der sonst dort befindliche Schneefleck, der ihm einige Sorgen bereitet hatte, war jetzt im Spätsommer vollständig abgetaut. Es war nur brüchig, der Geograph verspürte Angst, dass einer der vielen lockeren Griffe herauskommen, was bei der geringen Steilheit hinsichtlich eines Sturzes weniger gefährlich war, und ihn am Fuß verletzen könnte. Er erreichte die zweite Schlüssellänge, wieder eine Verschneidung, unter der man gut stehen konnte. Das mit der Olivenbrühe angereicherte Wasser erwies sich als völlig ungenießbar. Er trank mit Gewalt einige Schlucke und hielt inne, weil er befürchtete, ihm könnte übel werden. „Schmeckt wie gequirlte Hurenpisse!" sagte er laut, „Musste das sein? Das kann man nicht trinken, und ich hab so Durst."

Dünn rann ein wenig Wasser den Fels herab. Er schlürfte angestrengt, bekam aber kaum etwas in den Mund. „Naja", sagte er, „dann wollen wir mal." Diese zweite Schlüssellänge war ein wenig anhaltender als die erste, aber insgesamt leichter, nicht so ausgesetzt und viel schöner. Im Verschneidungsgrund lief der idealtypische Piazriß. Der Geograph legte sich in die Griffe hinein, abwechselnd spreizte er und trat auf Gegendruck. Er genoss seine Hochform, und wissend, dass man nicht zu spät nach rechts aus der Verschneidung heraus musste, lehnte er sich alle zwei Meter an der linken Hand hinaus und führte die Rechte theatralisch an die Stirn, um zu sehen, ob es schon Zeit war, mit der schönen Piazerei aufzuhören. Der Schritt um die Ecke dann war delikat, genussvoll und elegant. Die klare Linie der Verschneidung musste verlassen werden, und auf einmal hieß es, statt soliden Klemmern und großen Haltepunkten runden Reibungstritten zu vertrauen. Hier war er seinerzeit mit Erhard im Regen abgeseilt. Also begann nach den Schlüssellängen eine

eigentlich genauso interessante Etappe: das persönliche Neuland. Weiter oben wusste er die Kaminreihe der Gipfelwand. Hatte er sie erreicht, gab es mit der Orientierung keine Probleme mehr. Seine Routenskizze zeigte für das nun Kommende Schlangenlinien, Reibungskletterei, einige Fünferlängen und einen V+-Überhang, den er bereits fürchtete. Die Platten waren ein Genuss, und er fraß die Klettermeter mit Passion und großem Können weg. Auf einmal hielt er an und schaute hinaus, furchtlos nach unten und freudestrahlend in die Ferne, schwitzend von seiner hohen Geschwindigkeit, schaute hinaus ins grüne Val Bondasca. Laut sprach er mit sich selbst: „Ist das Bergell schön! Und so ein Wetterchen! Das ist das Beste - das Schwerste habe ich geschafft, aber das Abenteuer ist noch nicht vorbei, dreihundert Meter kommen noch. Geilgeilgeil. Herz, was willst Du mehr? Nichts. Und so ein Wetterchen!" Gelegenheit, sich an der Landschaft zu erfreuen, hatte man normalerweise am Stand, wenn man herumsaß und sicherte. Er war praktisch ohne Pause geklettert, immer das Gesicht nach vorne, und den Ausblick, der sich normalerweise Standplatz und Standplatz vergrößert, erweitert und verschönert, hatte er jetzt auf einmal. Am Überhang schonte er seine Nerven, indem er, statt technisch sauber und delikat auszuspreizen, ein wenig zu tief in dem breiten Riss hinaufschubberte. Er sah jetzt die Kaminreihe links oberhalb, und zum ersten Mal kam er hinsichtlich der Wegführung ernsthaft ins Zaudern: „Gleich links oder erst hoch und dann links?" Die nervliche Anspannung stieg sofort, plötzlich und sehr hoch wie ein kleiner Bach, der mit einer einzigen hineingeworfenen Grassode gestaut wird. „Wo? Wo! Wo!"
Zu einer raschen Entscheidung unfähig, gelang es ihm, sich vorzustellen, als Vorsteiger einer Seilschaft vor der gleichen Frage zu stehen, und sofort wusste er wie. Er kletterte gerade hoch

und querte dann nach links. Im Grund der Kamine lief ein kleines Rinnsal Schmelzwasser, er streckte die Zunge hinaus, rollte sie länglich wie zu einem Röhrchen zusammen und sog. Er hatte starken Durst, konnte seine Olivenbrühe nicht trinken, und es fehlte ihm der Mut, das knappe Kilo nutzlosen Gewichts auszugießen. Er kletterte weiter, blieb immer wieder stehen, schlürfte, kletterte weiter. Schließlich entdeckte er eine Stelle des Rinnsals, wo es tröpfelnd über einen herausstehenden Zacken lief. Er goss seine Flasche aus, füllte sie zur Hälfte an dem blinkenden Wasserfaden, verlor die Geduld und kletterte weiter.
Die Kamine waren beeindruckend gleichförmig, kompakt, manchmal recht ausgesetzt. Ihm fiel ein, als Vorsteiger nervös zu werden, wenn der letzte Haken weit unten war, aber: „Ich bin ja Alleingänger, da ist es wurst." Die Kamine endeten, es kamen wieder Platten, und er sah einige Seilschaften weiter rechts und tiefer als er an der Nordkante. Er sah sich, noch etwas weiter oben angelangt, vor drei Möglichkeiten: nach rechts horizontal zur Kante hinauszuqueren, was ihm die Sache verkürzen würde, da die Kante seine Abstiegsroute war, oder nach links und über ein Wandl gerade hinauf in geneigtes Gelände. Schließlich blieb der Weg genau gerade hoch über eine enge Verschneidung, in der Haken steckten, und die im Führer in der Hütte ausdrücklich als nicht gangbarer Verhauer ausgewiesen war. Ihn packte der Übermut, und er ging die Verschneidung. Kopfschüttelnd über sich selbst kehrte er nach fünfzehn Metern um, kletterte über einige bereits bewältigte heikle Stellen wieder ab, und sah sich nochmals vor die Frage des Austiegs gestellt. Den Gipfel wollte er ohnehin auslassen, denn er lag noch weit links, aber nur geringfügig höher. Das erschien ihm Abkürzung genug, und er entschied sich für die linke Möglichkeit. Nach dem Wandl

kam eine unangenehme, weil morsche, brüchige Platte, dann eine leichte Blockrinne, und er war oben. Sofort kletterte er die Nordkante ein Stück ab, bis er einen guten Rastplatz hatte - ein waagerechter Block, groß wie ein Ehebett. Jetzt, da er auf der Kante saß, die die Nordost- von der Nordwest- und Westwand trennte, hatte er den Rundumausblick. Er konnte es nicht leicht fassen, dass er schon oben war. Es war so schnell gegangen. Keine Standplätze hatte man suchen und bauen müssen, keine Seile einziehen und ausgeben müssen, keine Sicherungen legen, nur klettern. Kleine Verhauer bauen, das war alles gewesen, sonst nur das reine, von jeglichen ablenkenden Sicherungstätigkeiten ungetrübte Klettern. Welch ein perfekter Genuss waren die schwierigen Passagen gewesen, und wie schnell konnte die Spannung von hoch und angenehm die äußersten schmerzhaften Spitzen erreichen! Zerstreut und glücklich lächelnd blickte er zurück in den Abgrund, den schönen Spielplatz, den er gerade verlassen hatte. Er war glücklich, wunschlos glücklich, nur durstig.

Gleichwohl mußte der Moment der Erholung, des Abfallens jeglicher Spannung, das passive Genießen des Augenblicks noch warten, denn die Nordkante war lang, sie hatte bestimmt so viele Klettermeter wie die Nordostwand. Er machte sich Sorgen um den Rückweg zum Einstieg. Eine österreichische Seilschaft, die gleichzeitig kletternd die Nordkante heraufkam, erreichte ihn; die Kante war hier sehr leicht. „Hallo Jungs!" sagte der Geograph, „habt Ihr ne Uhr?"

„Ja, es ist ... zehn vor zehn. Bist die Kantn allein gangen?"

„Nein, die Cassin."

„Und da bist schon drobn?"

Er zuckte mit den Schultern. „Ja, ich bin oben. Ihr habts ja auch nimmer weit."

„Des is a wieder richtig. Servus!"
„Tschüs!"
„So früh!" dachte er erleichtert, „da habe ich ja noch ewig Zeit für den Abstieg. Das dauert eh noch so lange, aber ich kann mir wirklich Zeit lassen. Gott sei Dank! Das dauert noch lange, aber Eile gibts nicht mehr. Keinen Stress mehr. Und so ein Wetterchen! Und was für ein Ausblick!"
Er blieb noch eine Weile auf seinem Rastplatz liegen, abwechselnd schloss er die Augen, um die Konzentration wieder zu sammeln, und blinzelte ins Panorama, weil es so schön war. Die Unruhe und die Ungeduld, den Abstieg hinter sich zu bringen, wuchsen, und er wartete, bis sie die Faulheit und den Genuss der Pause an Gewicht übertrafen. „Jetzt", stellte er fest, und begann wieder mit der Kletterei.
Weiter unten traf er zahlreiche Seilschaften auf dem Weg nach oben. Alle fragten, ob er bereits von einer Solobegehung der Kante zurückkehre. Im unteren Teil war er wieder allein, als er die letzten aufsteigenden Seilschaften passiert hatte. So fiel die Orientierung wieder schwerer, und das eine oder andere Mal hielt er inne, schloss die Augen und atmete tief durch. Aber es war nur noch ein Stück alpine Arbeit, keine eigentliche Frage, ob man es konnte oder nicht. Völlig umsonst hatte er die ganze Zeit das Seil mitgeschleppt, bis er sich ein einziges Mal verstieg und abseilen musste. Der Gedanke an den Weg zur Randkluft beunruhigte ihn zunehmend, denn von oben war zu erkennen gewesen, dass er sich nicht im Dunkeln verstiegen hatte, sondern ein breites Stück aperer Gletscher wirklich unumgänglich war. Die Wollstrümpfe wollte er über die profillosen Kletterschuhe ziehen und mit Reepschnur festbinden. Das würde abenteuerlich aussehen, aber effektiv sein. Mit einem Stein schlug er einen Normalhaken aus der Nordkante, um ihn als

Eisstichel zu benutzen. Es gab ihm das zaghaft gute Gewissen des Mannes, der weiß, dass er den Umständen entsprechend das Beste tut, während es genau diese Umstände sind, die ihm über den Kopf wachsen wollen. Im schlimmsten Falle würde er umkehren und Antonio neue Stiefel bezahlen.

Erleichtert, wieder in der Waagerechten zu sein, durstig und in Gedanken an den aperen Gletscher erreichte er nach einigen Stunden des Abstiegs wieder die Stelle, wo vom Weg zur Sasc-Furä-Hütte der Abzweig zur Nordostwand abstieg. Dort saß und pausierte ein Wanderer, der von der Sciora-Hütte herübergekommen war. Er sah, daß Heinrich aus Richtung des Badile herunterkam und fragte: „Hast Du die Nordkante gemacht?" „Nein, die Norostwand. Die Cassin."

An dieser Stelle konnte man besonders schön von der Seite in die Wand hineinschauen. Heinrich sah, daß der Wanderer schöne schwere Bergstiefel trug, und bemerkte, dass seine Solobegehung den anderen beeindruckte. Bereitwillig ließ er sich auf ein Gespräch ein, erzählte von den Schlüssellängen, von seinem Olivenwasser, vom Abklettern, von seinem Material, was noch am Einstieg lag, und fragte schließlich nach der Schuhgröße des anderen.

Die Stiefel des Wanderers passten dem Kletterer, und während jener in Strümpfen und mit dem Rucksack des Alleingängers an Ort und Stelle blieb, hastete dieser mit idealem Schuhwerk zum Einstieg. Weit mehr als am Morgen beeindruckte ihn die Zahl der Steine und Felsbrocken, die auf dem Gletscher lagen. Viele von ihnen waren wahrscheinlich aus dem Bereich des abgetauten Schneefelds in Wandmitte heruntergekommen. Wenn Schnee lag, hielt er das lockere Material fest, und er erinnerte sich, dass es dort recht brüchig gewesen war. Trotzdem ärgerte er sich nicht mehr, dass er die Einstiegsvariante von der Nord-

kante her vergessen hatte, welche ihm diesen Umweg erspart haben würde. Der klassische Einstieg ergab die deutlich bessere und logischere, elegante Linie, und die Mehrarbeit des Weges wurde durch die diebische Freude über die geliehenen Stiefel geradezu zu einem Genuss. „An einer besseren Stelle hätte er überhaupt nicht sitzen können! Superb, superb, das hat mein Schutzengel ja wieder hervorragend eingefädelt!"
Er beeilte sich, so gut er konnte, und um seinem Wohltäter zu zeigen, dass er sich bemühte, ihn nicht lange warten zu lassen, legte er sich auf den letzten hundert Metern besonders ins Zeug. Keuchend und völlig außer Atem kam er wieder dort an, wo sie sich vor einer Stunde getroffen hatten. Es war warm, und Antonios Faserpelzhose war für andere Temperaturen gemacht. Sie stiegen gemeinsam Richtung Sasc-Furä-Hütte ab. Der Geograph war der Welt sehr für die geliehenen Stiefel dankbar. Jetzt war keine einzige Frage mehr offen, die mit schwierigen oder gefährlichen und ungewissen Taten beantwortet werden musste. Es war alles geschafft, alles. Die bereits am Gipfel empfundene Freude, die von der dort noch verbliebenen Spannung bezüglich des Abstiegs zurückgehalten, gebremst und kontrolliert worden war, konnte sich nun wirklich ihn ihm ausbreiten. Wie aus einem umgefallenen Topf mit zähem Honig lief sie aus, süß, süß, langsam, süß, und sie würde ihre Spuren hinterlassen.

aus „Strategie und Müßiggang"
Panico Alpinverlag, 1992

Kletterliteratur bei Panico

Selig, wer in Träumen stirbt
ISBN 3-926807-91-1 / 10.00 €

Robert Steiners hochgelobtes Debüt gehört zum Feinsten, was die gegenwärtige alpinistische Literatur zu bieten hat. „Da kann einer nicht nur klettern, er kann auch schildern, wie das geht: kreativ, gnadenlos, mutig. In Zehntelsekundenauflösung beschreibt Steiner seinen Kampfsport am Abgrund: detailgenau, packend, beängstigend.... findet neue, noch nicht zerkitschte Worte für die Natur und die Emotionen....
.... seit Reinhard Karl, Emil Zopfi und Malte Roepers besten Erzählungen hat man kaum ähnlich Gutes gelesen."

aus der Leselupe, BERGE 3/2002

Wir müssen da hoch
ISBN 3-926807-98-9 / 10.00 €

Peter Brunnert wurde 1957 in Hildesheim geboren, weit weg von richtigen Bergen. Er lebt in Blomberg und arbeitet bei einer Versicherung. Durch einen dummen Zufall kam er 1972 zum Klettern. Und obwohl dabei das meiste schief ging, tut er es bis heute. Irgendwann hat er dann auf Anraten seines Therapeuten angefangen alles aufzuschreiben.
In seinen witzig-ironischen Geschichten beschreibt er all das, wovon ein normaler Bergsteiger inständig hofft, es möge ihm nie, aber auch gar nie, passieren.

Neuerscheinung 6/2002

Wohin einer kommt wenn er geht
ISBN 3-926807-99-7 / 10.00 €

Ganz klammheimlich avisierte Robert Rauchs Erstlingswerk „verwegen, dynamisch, erfolglos" zum Kletterer-Kultbuch und - zweimal nachgedruckt - zu einem Panico-Bestseller. Seine kompromisslose Abrechnung mit der Heimat, seinen Kletterkumpanen und der verdorbenen Menschheit an sich - ungekünstelt, exakt geschildert, teils von großer poetischen Schönheit - begeisterte und polarisierte gleichermaßen. „Wohin einer kommt, wenn er geht" schildert Robbi in der direkten Fortsetzung seines Debüts.

Neuerscheinung 11/2002

www.panico.de

Alpinistische Literatur bei Panico

Das Kriegsloch
ISBN 3-926807-81-4 / 19.80 €

„... Für mich ist „Das Kriegsloch" mehr als alles andere die faszinierende Schilderung der Erlebniswelt eines früheren Extrembergsteigers, dem es im Hochleistungsalpinismus geistig zu eng geworden ist. Es ist die Bilanz einer Entwicklung weg von der Eindimensionalität des „schwerer, höher und schneller" hin zur Einsicht in die Vielfalt und Vielschichtigkeit unserer Existenz. Der Leser muss sich gut anschnallen auf Rudi Mayrs Achterbahnfahrt durch die unterschiedlichsten Daseinsebenen und Lebenswelten."

Das besondere Buch im DAV-Panorama 2/2001

Zwischen Schneckenhaus und Dom
ISBN 3-926807-69-5 / 10.00 €

„Nun ist es da, das Buch, auf das nicht nur Insider schon lange gewartet haben. Bernd Arnold hat es geschrieben - nicht über sich und sein Klettern, sondern über das Elbsandsteingebirge, seine Felsenheimat... Ein Schmuckstück, bibliophil gestaltet, auf dem Umschlag typographisch gewagt, im Inneren eher konservativ in handwerklich sauberer Satzkunst. Ein spannendes Buch, ein ruhiges Buch, ein Buch das heraussticht und das seinen Platz hat im Kopf und im Herz eines jeden, der das Elbsandsteingebirge lieben gelernt hat."

Bergsteiger 10/99

Emilio Zuccero
ISBN 3-926807-80-6 / 10.00 €

„... Fans des füllligen Pop-Sängers Emilio Zuccero, dessen Reibeisen-Stimme einen Chor aus Giuseppe Verdis Opern „Nabucco" in einen Schlager verwandelt, dürften wohl genügend gewarnt sein: Nein, es erwartet die Leser nicht die Lebensgeschichte einer Hitparaden-Größe, sondern die teils amüsante, teils dramatisch zugespitzte Enttarnung Luis Trenker, der mit Hilfe eines streng geheimen Verjüngungskrautes aus dem fernen Asien seine Lebensuhr zurückdrehen konnte und sich seiner zweiten Existenz erfreut."

www.baeng-2000.de

„... Das alles ist beschaulich und nett und kippt doch, manchmal, unversehens ins Hinterhältige d.h. Journalistische. Darüber freut such der Leser ebenso wie über manche Miniatur, beispielsweise vom Gipfeltriumph am Kilimandscharo. „Ein österreichischer Bergkamerd geht auf die Seite und kotzt ein bisschen. „Endlich!" seufzt er erleichtert." So geht es, kurzweilig und vergnüglich von der ersten bis zur letzten Seite, und man wünscht sich am Ende, auch soviel gesehen zu haben wie der Autor - zwischen Everest und Wendelstein."

BERGE Nr.100/2000

2000 - drunter und drüber
ISBN 3-926807-70-9 / 10.00 €

Bergschuhe bekam ich geliehen, „Knickerbocker" schneiderte ich mir aus einer alten langen Hose selber. Von Bekannten erhielt ich ein etwas zu großes Sakko, und als Kopfbedeckung bekam ich eine alten Motorrad-Lederhaube geschenkt. Einen Rucksack lieh mir mein älterer Bruder.
„Otto Eidenschink hat ein Beispiel dafür gegeben, wie zäher Lebenswille selbst aus anscheinend unentweichbarer Hoffnungslosigkeit doch einen Weg zu so etwas wie Lebensglück finden kann."

DAV Panorama

Steil und steinig
ISBN 3-926807-68-7 / 10.00 €

Der Winter in den Bergen ist schön. Wir alle haben Bilder davon im Kopf: Idyllen zumeist, unberührte Rauhreifwelten. Doch wehe, wenn das Unheil hereinbricht, die Tore der weißen Hölle sich öffnen, Hilflosigkeit und nackte Angst sich breitmacht. Charles Mori erzählt die Geschichte einer Familienskitour mit fatalem Ausgang. Und er webt dies kleine sprachliche Kunstwerk in einer Dichte, die kaum zu überbieten ist – gewissermaßen in Zeitlupe erlebt der Leser die im reinen Wortsinn katastrophale Grausamkeit der Berge. Fazit:

ALPIN-Lesetipp (3/2001) – muss man haben!

Strahlchnubel
ISBN 3-926807-87-3 / 10.00 €

www.panico.de

Klettercomics bei Panico

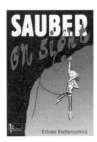  

Erbses Erstling in der inzwischen 4.Auflage

ISBN 3-926807-51-2

10.00 Euro

Auch Band 2 ist schon in der 3.Auflage

ISBN 3-926807-66-0

10.00 Euro

Brandneu der 3.Band der Erbse-Trilogie

ISBN 3-926807-58-x

10.00 Euro

www.panico.de oder www.erbsencomics.de